Contemporánea

Clarice Lispector (Tchetchelnik, Ucrania, 1920-Río de Janeiro, 1977) sorprendió a la intelectualidad brasileña con la publicación en 1944 de su primer libro, *Cerca del corazón salvaje*, en el que desarrollaba el tema del despertar de una adolescente, y por el que recibió el premio de la Fundación Graça Aranha 1945. La que entonces se consideró una joven promesa de tan solo diecinueve años se convirtió en una de las más singulares representantes de las letras brasileñas, a cuya renovación contribuyó con títulos tan significativos como *La hora de la estrella, Aprendizaje o El libro de los placeres* o su obra póstuma, *Un soplo de vida*.

Clarice Lispector

La pasión según G. H.

Traducción de
Alberto Villalba

DEBOLS!LLO

Papel certificado por el Forest Stewardship Council®

Penguin
Random House
Grupo Editorial

Título original: *A paixão segundo GH*

Primera edición: octubre de 2025
Segunda reimpresión: febrero de 2026

© 1964, Paulo Gurgel Valente
© 2013, Ediciones Siruela, S. A.
© 2025, Penguin Random House Grupo Editorial, S. A. U.
Travessera de Gràcia, 47-49. 08021 Barcelona
© Alberto Villalba Rodríguez, por la traducción, cedida por Ediciones Siruela, S. A.
Diseño de la cubierta: Penguin Random House Grupo Editorial / Laura Jubert
Ilustración de la cubierta: © David de las Heras a partir de la fotografía
de referencia cedida por Paulo Gurgel Valente
Fotografía de la autora: cedida por Paulo Gurgel Valente

Printed in Spain – Impreso en España

ISBN: 978-84-663-8168-0
Depósito legal: B-14.381-2025

Compuesto en M. I. Maquetación, S. L.
Impreso en Liber Digital, S. L.
Casarrubuelos (Madrid)

P 3 8 1 6 8 0

Este libro es como cualquier libro. Pero me sentiría contenta si lo leyesen únicamente personas de alma ya formada. Aquellas que saben que el acercamiento, a lo que quiera que sea, se hace de modo gradual y penoso, atravesando incluso lo contrario de aquello a lo que uno se aproxima. Aquellas personas que, solo ellas, entenderán muy lentamente que este libro nada quita a nadie. A mí, por ejemplo, el personaje de G. H. me fue dando poco a poco una alegría difícil; mas alegría, al fin.

C. L.

A complete life may be one ending in so full identification with the non-self that there is no self to die.

BERNARD BERENSON

… Estoy buscando, estoy buscando. Intento comprender. Intento dar a alguien lo que he vivido y no sé a quién, pero no quiero quedarme con lo que he vivido. No sé qué hacer con ello, tengo miedo de esa desorganización profunda. Desconfío de lo que me ocurrió. ¿Me sucedió algo que quizá, por el hecho de no saber cómo vivir, viví como si fuese otra cosa? A eso querría llamarlo desorganización, y tendría yo la seguridad para aventurarme, porque sabría después adónde volver: a la organización primitiva. A eso prefiero llamarlo desorganización, porque no quiero confirmarme en lo que viví: en la confirmación de mí perdería el mundo tal como lo tenía, y sé que no tengo capacidad para otro.

Si me confirmo y me considero verdadera, estaré perdida, porque no sabría dónde encajar mi nuevo modo de ser; si avanzase en mis visiones fragmentarias, el mundo entero tendría que transformarse para que ocupase yo un lugar en él.

He perdido algo que era esencial para mí, y que ya no lo es.

No me es necesario, como si hubiese perdido una tercera pierna que hasta entonces me impedía caminar, pero que hacía de mí un trípode estable. He perdido esa tercera pierna. Y he vuelto a ser una persona que nunca fui. He vuelto a tener lo que nunca tuve: solo dos piernas. Sé que únicamente con dos piernas es como puedo caminar. Pero la ausencia inútil de la tercera me hace falta y me asusta; era ella la que hacía de mí algo hallable por mí misma, y sin necesitar siquiera inquietarme por ello.

¿Estoy desorganizada porque he perdido lo que no necesitaba? En esta mi nueva cobardía —la cobardía es lo más nuevo que me acontece, es mi mayor aventura, esa mi nueva cobardía es un campo tan amplio que solo una gran valentía me lleva a aceptarla—, en mi nueva cobardía, que es como despertarse por la mañana en casa de un desconocido, no sé si tendré valor para simplemente marchar. Es difícil perderse. Es tan difícil que probablemente prepararé deprisa un modo de hallarme, incluso aunque hallarme sea nuevamente la mentira de que vivo. Hasta ahora hallarme era ya tener una idea de persona en la que insertarme: en esa persona organizada me encarnaba, y en lo mismo sentía el gran esfuerzo de construcción que era vivir. La idea que me hacía de la persona procedía de mi tercera pierna, de la que me sujetaba al suelo. Pero ¿y ahora? ¿Seré más libre?

No. Sé que aún no siento libremente, que pienso de nuevo porque mi objetivo es hallar, y que por seguridad denominaría hallar al momento de descubrir un medio de salida. ¿Por qué no tengo valor para hallar al menos un medio de entrada? Oh, sé que he entrado, sí. Pero me asusté porque no sé adónde conduce esa entrada. Y nunca antes me había yo dejado llevar, a menos que supiese hacia qué.

Ayer, sin embargo, perdí durante horas y horas mi montaje humano. Si tuviese valor, me dejaría seguir perdida. Pero temo lo que es nuevo y temo vivir lo que no entiendo; quiero siempre tener la garantía de, al menos, pensar que entiendo, no sé entregarme a la desorientación. ¿Cómo explicar que mi mayor miedo esté precisamente relacionado con el ser? Y, no obstante, es el único camino. ¿Cómo se explica que mi mayor miedo sea precisamente el de ir viviendo lo que vaya sucediendo? ¿Cómo se explica que no soporte yo ver, solo porque la vida no es la que pensaba sino otra?, ¡como si antes hubiese sabido lo que era! ¿Por qué el ver produce una desorganización tal?

Y una desilusión. Pero, desilusión, ¿de qué? ¿Si, sin ni siquiera sentir, yo soportaría mal mi organización apenas construida? Tal vez la desilusión sea el miedo a no pertenecer más a un sistema. A pesar de ello, se debería decir así: él es muy feliz porque finalmente se desilusionó. Lo que yo era antes no era bueno para mí. Pero de ese no-bueno yo había organizado lo mejor: la esperanza. De mi propio mal había creado un bien futuro. El miedo ahora ¿es que mi nuevo modo carezca de sentido? Pero ¿por qué no me dejo guiar por lo que vaya ocurriendo? Tendré que correr el sagrado riesgo del azar. Y sustituiré el destino por la probabilidad.

Pese a ello, los descubrimientos en la infancia ¿se producirían como en un laboratorio donde se encuentra lo que debía encontrarse? ¿Fue entonces en la edad adulta cuando tuve miedo y creé la tercera pierna? Mas como adulto, ¿tendré el valor infantil de perderme? Perderse significa ir hallando y no saber qué hacer con lo que se va descubriendo. Con las dos piernas que andan, pero sin la tercera que asegura. Y quiero estar cautiva. No sé qué hacer con la aterradora libertad que puede destruirme. Pero, cuando estaba presa, ¿estaba contenta? ¿O había, y había, algo falso e inquieto en mi feliz rutina de prisionera? O había, y había, algo palpitante, a lo que estaba tan habituada que pensaba que latir era ser una persona. ¿Lo es? También, también…

Me siento tan asustada cuando me doy cuenta de que durante horas he perdido mi formación humana… No sé si tendré alguna otra para sustituir la perdida. Sé que habré de andarme con cuidado para no utilizar subrepticiamente una nueva tercera pierna que me brota tan fácilmente como el capín,* y para no llamar a esa pierna protectora «una verdad».

Pero es que tampoco sé qué forma dar a lo que me ha ocurrido. Y sin dar una forma, nada existe para mí. ¡¿Y… y si en realidad nada ha existido?! ¿Quién sabe si nada me ha ocurrido? Solo puedo comprender lo que me ocurre, mas solo sucede lo que comprendo, ¿qué sé de lo demás? Lo demás no existe. ¡Quién sabe si nada ha existido! ¿Quién sabe si he sufrido solamente una lenta y gran disolución? ¿Y que mi lucha contra esa desintegración sea esta: la de intentar ahora darle una forma? Una forma circunscribe el caos, una forma da estructura a la sustancia amorfa; la visión de una carne infinita es la visión de los locos, pero si cortase yo la carne en pedazos y los distribuyese a lo largo de los días y según los apetitos, entonces no sería ya la perdición y la locura: sería nuevamente la vida humanizada.

* Especie de heno, mala hierba. *(N. del T.)*

La vida humanizada. Yo había humanizado demasiado la vida.

Pero ¿qué hacer ahora? ¿Debo encararme con la visión entera, incluso si ello significa tener una verdad incomprensible? ¿O debo dar una forma a la nada, y este será mi modo de integrar mi propia desintegración en mí? Mas estoy tan poco preparada para entender… Antes, siempre que lo había intentado, mis límites me producían una sensación física de malestar; cualquier inicio de pensamiento me hace hervir el cerebro. Creo que me vi obligada a reconocer, sin lamentarlo, los límites de mi escasa inteligencia, y desanduve el camino. Sabía que estaba predestinada a pensar poco, cavilar me restringía dentro de mi piel. ¿Cómo, entonces, inaugurar en mí la reflexión? Y tal vez solo la reflexión me salvase: temo la pasión.

Ya que tengo que salvar el día de mañana, ya que debo tener una forma, porque no me siento con fuerzas para permanecer desorganizada, ya que fatalmente necesitaré encuadrar la monstruosa carne infinita y cortarla en trozos asimilables para el tamaño de mi boca y la capacidad de visión de mis ojos, ya que fatalmente sucumbiré a la necesidad de forma que procede de mi pavor de permanecer sin límites, entonces al menos que tenga yo el valor de dejar que esa forma se forme enteramente sola como una costra que por sí misma se endurece, la nebulosa de fuego que, enfriándose, se convierte en tierra. Y que tenga el gran valor de resistir a la tentación de inventar una forma.

Ese esfuerzo que he de hacer ahora para dejar subir a la superficie un sentido, cualquiera que sea, ese esfuerzo se vería facilitado si fingiese escribir para alguien.

Pero recelo de comenzar a componer para que me pueda entender alguien imaginario, recelo de comenzar a «elaborar» un sentido, con la misma mansa locura que hasta ayer era mi modo sano de encajar en un sistema. ¿Habré de tener el valor de utilizar un corazón desprotegido y hablar para nada y para nadie? Tal como un niño piensa para nada. Y correr el riesgo de ser triturada por el azar.

No comprendo lo que he visto. Y ni siquiera sé si he visto, ya que mis ojos han terminado por no distinguirse de la cosa vista. Solo con un inesperado temblor de líneas, solo gracias a una anomalía en la continuidad ininterrumpida de mi civilización, experimenté, por un instante, la vivificadora muerte. La muerte selecta que me hizo palpar el prohibido tejido de la vida. Está prohibido decir el nombre de la vida. Y yo casi lo he dicho. Apenas he podido liberarme de su tejido, lo que sería la destrucción de mi época dentro de mí.

Tal vez lo que me ha acontecido sea una iluminación, y, para ser yo verdadera, tenga que continuar no estando a su altura, tenga que continuar no entendiéndola. Toda comprehensión repentina se parece mucho a una intensa incomprehensión.

No. Toda comprehensión intensa es finalmente la revelación de una profunda incomprehensión. Todo momento de hallar es un perderse a uno mismo. Tal vez me haya acontecido una comprehensión tan total como una ignorancia, y de ella vaya a salir intacta e inocente como antes. Cualquier entender mío nunca estará a la altura de esa comprehensión, ya que solamente vivir es la altura a la que puedo llegar, mi único nivel es vivir. Sé que ahora, ahora conozco un secreto. Que ya estoy a punto de olvidar, ah, siento que estoy a punto de olvidarlo…

Para saberlo nuevamente, necesitaría volver a morir ahora. Y saber será tal vez el asesinato de mi alma humana. Y no quiero, no quiero. Lo que aún podría salvarme sería una entrega a una nueva ignorancia, eso sería posible. Pues, al mismo tiempo que lucho por saber, mi nueva ignorancia, que es el olvido, se convierte en sagrada. Soy la vestal de un secreto que no sé ya cuál fue. Y sirvo al peligro olvidado. He sabido lo que no logré entender, mi boca ha permanecido sellada, y solo me restan los fragmentos incomprensibles de un ritual. Incluso si por vez primera siento que mi olvido está finalmente al nivel del mundo. Ah, y ni siquiera deseo que se me explique aquello que para serlo tendría que salir de sí mismo. No quiero que se me explique lo que de nuevo precisaría aprobación humana para ser interpretado.

Vida y muerte han sido mías, y yo he sido monstruosa. Mi valor fue el de un sonámbulo que simplemente avanza. Durante las horas de perdición tuve el valor de no componer ni organizar. Y sobre todo, de no prever. Hasta entonces no había tenido el valor de dejarme guiar por lo que no conozco, y rumbo a lo que desconozco: mis previsiones condicionaban de antemano lo que veía. No eran las conjeturas de la visión: ya tenían el tamaño de mis precauciones. Mis previsiones me cerraban el mundo.

Hasta que durante horas desistí. Y, Dios mío, tuve lo que no quería. No caminé a lo largo de un valle fluvial, siempre pensé que saber sería húmedo y fértil como los valles fluviales. No me esperaba tan gran discordancia.

Para seguir siendo humana, ¿mi sacrificio será olvidar? Ahora sabría reconocer en el rostro corriente de algunas personas que… que ellas olvidaron. Y tampoco saben que olvidaron o que olvidarán.

He visto. Sé que he visto porque nada de lo que he visto tuvo sentido para mí. Sé que he visto, porque no entiendo. Sé que he visto, porque para nada sirve lo que vi. Escucha, es preciso que hable porque no sé qué hacer de lo que he vivido. Peor aún: no quiero lo que he visto. Lo que he visto hace pedazos mi vida cotidiana. Disculpa este regalo, realmente preferiría haber visto algo mejor. Toma lo que he visto, líbrame de mi inútil visión, y de mi pecado inútil.

Estoy tan asustada que solo podré aceptar que me he perdido si imagino que alguien me tiende la mano.

Dar la mano a alguien ha sido siempre lo que esperé de la alegría. Muchas veces, antes de dormirme —en esa pequeña lucha por no perder la conciencia y entrar en un mundo más vasto—, muchas veces, antes de tener el valor de embarcarme en el gran viaje del sueño, finjo que alguien me tiende la mano y entonces avanzo, avanzo hacia la enorme ausencia de forma que es el sueño. E incluso cuando, así acompañada, me falta la valentía, entonces sueño.

Sumergirse en el sueño se parece tanto al modo en que ahora debo avanzar hacia mi libertad… Entregarme a lo que no entiendo será como colocarme en los límites de la nada. Será como avanzar sin avanzar apenas, y como una ciega perdida en el campo. Esa cosa sobrenatural que es vivir. El vivir que yo había domesticado para volverlo familiar. Esa cosa valerosa que será entregarme, y que es como abandonar la mano en la mano sombría de Dios, y cruzar el umbral de esa cosa sin forma que es un paraíso. ¡Un paraíso que no quiero!

Mientras escriba y hable, voy a tener que fingir que alguien está estrechando mi mano.

Oh, al menos al comienzo, solo al inicio. Cuando pueda liberarla, iré sola. Por el momento, necesito aferrarme a esta mano tuya, aunque no consiga inventar tu rostro, ni tus ojos, ni tu boca. Pero, aunque mutilada, esta mano no me asusta. Su invención procede de tal idea de amor, como si la mano estuviese realmente sujeta a un cuerpo que, si no veo, es por incapacidad de amar más. No estoy en situación de imaginar a una persona entera porque no soy una persona entera. Y, ¿cómo imaginar un rostro si no sé qué expresión de rostro necesito? Cuando pueda soltar tu mano cálida, iré sola y con horror. El horror será responsabilidad mía hasta que se complete la metamorfosis y el horror se transforme en luz. No la luz que nace de un deseo de belleza y moralismo, como antaño, cuando no sabía lo que me proponía; sino la luz natural de lo que existe, y es esta luz natural lo que me aterra. Aunque yo sepa que el horror, el horror soy yo ante las cosas.

Por el momento estoy inventando tu presencia, como un día tampoco sabré aventurarme a morir sola, morir es el mayor riesgo, no sabré franquear el umbral de la muerte y dar el primer paso en la primera ausencia de mí; también en esa hora última y tan primera inventaré tu presencia desconocida y contigo comenzaré a morir hasta que pueda aprender sola a no existir, y entonces te liberaré. Por el momento me aferro a ti, y tu vida desconocida y cálida se convierte en mi única organización íntima, yo que sin tu mano me sentiría abandonada en la inmensidad que he descubierto. ¿En la desmesura de la verdad?

Pero la verdad jamás ha tenido sentido para mí. ¡La verdad carece de sentido para mí! Por eso, la temía y la temo. Desamparada, te entrego todo, para que hagas de ello algo alegre. Por hablarte, ¿te asustaré y te perderé? Pero, si no hablase, me perdería, y por perderme te perdería.

La verdad carece de sentido, la grandeza del mundo me ápoca. Aquello que probablemente pedí y que finalmente he logrado ha hecho que me quede inerme como un niño que camina solo por el mundo. Tan inerme que solo el amor de todo el universo por mí podría consolarme y colmarme, solo un amor tal que la célula primera misma de las cosas vibrase con lo que estoy denominando un amor. De lo que, en verdad, apenas llamo pero sin saber su nombre.

Lo que he visto ¿será el amor? Mas ¿qué amor es ese tan ciego como el de una célula primera? ¿Fue eso? ¿Aquel horror, eso era amor? Amor tan neutro que, no, no quiero hablarme más, hablar ahora sería precipitar un sentido, como quien deprisa se inmoviliza en la seguridad paralizadora de una tercera pierna. ¿O estaría solamente rechazando el comenzar a hablar? ¿Por qué nada digo y solo gano tiempo? Por miedo. Es preciso valor para aventurarme en el intento de dar forma a lo que siento. Es como si tuviese una moneda y no supiese para qué país vale.

Será preciso valor para hacer lo que voy a hacer: decir. Y arriesgarme a la gran sorpresa que sentiré ante la pobreza de lo ya dicho. Lo diré como pueda, y tendré que añadir: ¡no es eso, no es eso! Pero es preciso también no tener miedo al ridículo, siempre he preferido lo menos a lo más por miedo también al ridículo: es que existe también la tortura del pudor. Rechazo la hora de hablarme. ¿Por miedo?

Es porque no tengo nada que decir.

Nada tengo que decir. ¿Por qué no me callo, entonces? Pero si no hago violencia a las palabras, el mutismo me sumergirá para siempre en las olas. La palabra y la forma serán la tabla donde flotaré sobre las olas inmensas de mutismo.

Y si estoy retrasando el comenzar es también porque no tengo guía. El relato de otros viajeros me ofrece pocos detalles respecto del viaje: todas las informaciones son terriblemente incompletas.

Siento que una primera libertad se apodera poco a poco de mí… Pues nunca hasta hoy he temido tan poco la falta de buen gusto: he escrito «olas inmensas de mutismo», lo que antaño no habría dicho, porque siempre he respetado la belleza y su moderación intrínseca. He dicho «olas inmensas de mutismo», mi corazón se inclina humilde, y yo acepto. ¿Habré finalmente perdido todo un código de buen gusto? Pero ¿será esto mi única ganancia? Cuán presa he debido de vivir para sentirme ahora más libre solamente porque no desconfío ya de la carencia de estética… Todavía no presiento lo que saldré ganando. ¿Quién sabe?, poco a poco me iré dando cuenta. Por el momento, el primer placer tímido que siento es el de constatar que he perdido el miedo a lo feo. Y esa pérdida es de una bondad tal… Es una dulzura.

Quiero saber lo que, al perder, he salido ganando. Por ahora no sé: solamente al revivirme es como voy a vivir.

Pero ¿cómo revivirme? Si no tengo una palabra natural que

decir. ¿Tendré que fabricarme la palabra como si lo que me aconteciera fuese crear?

Voy a crear lo que me ha acontecido. Solo porque vivir no se puede narrar. Vivir no es vivible. Tendré que crear sobre la vida. Y sin mentir. Crear sí, mentir no. Crear no es imaginación, es correr el gran riesgo de acceder a la realidad. Entender es una creación, mi único modo. Precisaré con esfuerzo traducir señales telegráficas, traducir lo desconocido a un idioma que desconozco, y sin entender siquiera para qué sirven las señales. Hablaré en ese idioma sonámbulo que, si estuviese despierta, no sería lenguaje.

Hasta crear la verdad de lo que me ha acontecido. Ah, será más un grafismo que una escritura, pues pretendo más una reproducción que una expresión. Cada vez necesito menos expresarme. ¿También esto he perdido? No, incluso cuando hacía esculturas intentaba ya solamente reproducir, y solo con las manos.

¿Me extraviaré entre el mutismo de la señales? Me extraviaré, pues sé cómo soy: nunca supe ver sin, luego, necesitar ver más. Sé que me horrorizaré como una persona que estuviese ciega y finalmente abriese los ojos y entreviese, pero entreviese ¿qué? Un triángulo mudo e incomprensible. ¿Podría esa persona no considerarse más ciega solo por estar viendo un triángulo incomprensible?

Me pregunto: si miro la oscuridad con una lupa, ¿vería algo más que la oscuridad? La lupa no elimina la oscuridad, solo la revela aún más. Y si observase la luz con una lupa, de golpe vería solamente una luz más intensa. He entrevisto, pero estoy tan ciega como antes porque vislumbré un triángulo incomprensible. A menos que también yo me transforme en el triángulo que reconocerá en el incomprensible triángulo mi propia fuente y repetición.

Estoy ganando tiempo. Sé que todo lo que estoy diciendo es solo para ganar tiempo, para retrasar el momento en que tendré que comenzar a decir, sabiendo que nada más me queda por decir. Estoy aplazando mi silencio. ¿He retrasado toda la vida el silencio? Pero ahora, por desprecio a la palabra, tal vez pueda por fin comenzar a hablar.

Las señales telegráficas. El mundo erizado de antenas, y yo captando la señal. Solo podré hacer la transcripción fonética. Hace tres mil años me extravié, y lo que ha quedado son fragmentos fonéticos de mí. Estoy más ciega que antes. He visto, es verdad. He visto, y me ha asustado la verdad desnuda de un mundo cuyo mayor horror es que está tan vivo que, para admitir que estoy tan viva como él —y mi peor descubrimiento es que estoy tan viva como él—, tendré que elevar mi conciencia de vida exterior hasta el punto de atentar contra mi propia vida.

Para mi sólida moralidad de antaño —mi moralidad era el deseo de entender y, como no entendía, arreglaba las cosas; solo de ayer acá he descubierto que siempre he sido profundamente moral: solo admitía la finalidad—, para mi sólida moralidad de antaño, el haber descubierto que estoy tan crudamente viva como esa cruda luz que ayer aprendí a conocer, para aquella moralidad mía, la gloria terrible de estar viva es el horror. Antes vivía yo en un mundo humanizado, pero lo puramente vivo ¿ha destruido la moralidad que yo tenía?

Es que un mundo totalmente vivo tiene la fuerza de un infierno.

Es que un mundo totalmente vivo tiene la fuerza de un infierno.

Ayer por la mañana —cuando pasé del salón a la habitación de la criada— nada me hacía suponer que estaba a un paso de descubrir un imperio. A un paso de mí. Mi lucha más elemental por la vida más primaria iba a comenzar con la tranquila ferocidad devoradora de los animales del desierto. Iba a encararme en mí con un modo de vida tan elemental que estaba cercano a lo inanimado. Mientras tanto, ningún gesto mío indicaba que yo, con los labios secos por la sed, iba a existir.

Solo después me vendría a la mente una frase antigua que se grabó engañosamente hace años en mi memoria, apenas el subtítulo de un artículo en una revista y que terminé por no leer: «Perdida en el infierno abrasador de un *canyon*, una mujer lucha desesperadamente por la vida». Nada me hacía suponer hacia dónde iba yo. Pero es que nunca he sido capaz de percibir las cosas en movimiento; siempre que llegaban a un ápice, me parecía con sorpresa una ruptura, explosión de los instantes, con fecha, y no la continuación de una interrupción.

Aquella mañana, antes de entrar en la habitación, ¿qué era yo? Era lo que los demás siempre me habían visto ser, y así me conocía yo. No supe decir lo que era. Pero, al menos, quiero acordarme: ¿qué estaba haciendo yo?

Eran casi las diez de la mañana, y hacía mucho tiempo que no me sentía tan a gusto en el apartamento. El día anterior, la criada se había despedido. El que nadie hablara, caminara o pudiera provocar acontecimientos resaltaba aún más el silencio de esta casa donde vivo casi lujosamente. Me entretenía en la mesa del desayuno; ¡qué difícil está resultando saber cómo era yo! No obstante, tengo que hacer al menos el esfuerzo de darme una forma primera para poder entender lo que ha sucedido al perder esa forma.

Me entretenía en la mesa del desayuno, haciendo bolitas con miga de pan; ¿era eso? ¡Necesito saber, necesito saber lo que era yo! Yo era esto: hacía distraídamente bolitas redondas con miga de pan, y mi última y tranquila relación afectiva acababa de terminar de manera amistosa con una caricia, recuperando yo, de nuevo, el gusto ligeramente insípido y feliz de la libertad. ¿Es esto una descripción? Soy agradable, tengo amistades sinceras, y soy consciente de que siento por mí una amistad grata, lo que jamás excluye un cierto sentimiento irónico por mí misma, aunque sin maldad.

Pero, cómo era antes mi silencio, es lo que no sé y jamás he sabido. A veces, mirando una foto tomada en la playa o en una fiesta, distinguía con leve aprensión irónica lo que aquel rostro sonriente y oscurecido me revelaba: un silencio. Un silencio y un destino que se me escapaban: yo, fragmento jeroglífico de un imperio muerto o vivo. Al mirar el retrato, veía el misterio.

No. Voy a vencer mis últimos temores ante el mal gusto, voy a comenzar mi ejercicio de valentía, vivir no es valentía, la valentía es saber que se vive, y voy a decir que en mi fotografía yo veía El Misterio. Furtivamente, la sorpresa me invadía, solo ahora me doy cuenta de que era sorpresa lo que me invadía: en la mirada sonriente había un silencio como solo he visto en los lagos, y como solo he escuchado en el silencio mismo.

Nunca, hasta entonces, se me había ocurrido pensar que un día me encontraría con este silencio. Con la desintegración del silencio. Echaba yo una ojeada sobre el rostro fotografiado y, durante un segundo, en aquel rostro inexpresivo el mundo me miraba a su vez, también inexpresivo. ¿Ese —solamente ese— ha sido mi mayor contacto conmigo misma? La mayor profundización muda a que he llegado, mi vínculo más ciego y directo con el mundo. El resto… el resto eran siempre las organizaciones de mí misma, ahora sé, ah, ahora sé. El resto era el modo en que poco a poco me había transformado en la persona que tiene mi nombre. Y he terminado por ser mi nombre. Es suficiente ver en el cuero de mis maletas las iniciales G. H., y estoy toda entera ahí. También de los otros no exigía yo más que la primera cobertura de las iniciales de los nombres. Excepto eso, la «psicología» jamás me ha interesado. La mirada psicológica me desasosegaba y me desasosiega, es un instrumento que solo atraviesa. Creo que desde la adolescencia yo había superado la fase de lo psicológico.

G. H. vivió mucho, quiero decir, vivió muchos acontecimientos. ¿Quién sabe si tuve de algún modo impaciencia por vivir luego todo lo que tuviese que vivir para que me sobrase tiempo de… vivir sin hechos? De vivir. Me sometí pronto a mis sentidos, conocí pronto y rápidamente dolores y alegrías, ¿para verme libre muy pronto de mi destino humano humilde? Y libre para buscar mi tragedia.

Mi tragedia se hallaba en alguna parte. ¿Dónde estaba mi destino supremo? Uno que no fuese más que el embrollo de mi vida. La tragedia —que es la aventura suprema— nunca se ha realizado en mí. Solo conocía yo mi destino personal. Y es lo que deseaba.

A mi alrededor extiendo la tranquilidad que procede de llegar a un grado de realización hasta el punto de ser G. H. incluso en las maletas. También para mi denominada vida interior he asumido, sin sentir, mi reputación: me trato como las personas me tratan, soy aquello que los demás ven de mí. Cuando me hallaba sola, no se producía un desfondamiento, tenía solamente un grado menos de lo que yo era como los demás, y eso ha sido siempre mi natural y mi salud. Y mi especie de belleza. ¿Solo mis retratos son los que fotografiaban un abismo? Un abismo.

Un abismo de nada. Solo esa cosa grande y vacía: un abismo.

Actúo como lo que se denomina persona realizada. Haber hecho escultura durante un tiempo indeterminado e intermitente también me daba un pasado y un presente que permitía a los demás situarme: se refieren a mí como a alguien que hace esculturas que no serían malas si hubiese trabajado menos como aficionada. Para una mujer, esa reputación es socialmente mucho, y me ha situado, tanto para los demás como para mí misma, en una zona que socialmente se halla entre mujer y hombre. Lo cual me dejaba mucho más libre para ser mujer, ya que no me ocupaba formalmente de serlo.

En cuanto a mi denominada vida íntima, tal vez también haya sido la práctica ocasional de la escultura lo que le ha dado un leve tono de preclímax, tal vez por causa del uso de un cierto tipo de atención a que obliga incluso el arte aficionado. O por haber pasado por la experiencia de desgastar pacientemente la materia hasta encontrar progresivamente la escultura inmanente; o por haber tenido, a través incluso de la escultura, la objetividad forzada de luchar con aquello que ya no era yo.

Todo eso me ha dado el leve tono de preclímax de quien sabe que, auscultando los objetos, algo de ellos saldrá que le será dado y, a su vez, devuelto a los objetos. Tal vez haya sido ese tono de preclímax lo que veía yo en la sonriente fotografía torva de un rostro cuya palabra es un silencio inexpresivo, todos los retratos de personas son un retrato de Mona Lisa.

¿Y es eso todo lo que puedo decir respecto de mí? ¿Ser «sincera»? Relativamente. No miento para elaborar verdades falsas. Pero he utilizado demasiado las verdades como pretexto. ¿La verdad como pretexto para mentir? Podría yo contarme a mí misma lo que me halagase, y también hacer el relato de la sordidez. Pero debo tener cuidado para no confundir defectos con verdades. Tengo miedo de aquello a que me arrastraría la sinceridad: a mi denominada nobleza, que omito, a mi denominada sordidez, que también omito. Cuanto más sincera fuese, más tendería a halagarme, tanto con las ocasionales noblezas como sobre todo con la ocasional sordidez. La sinceridad sola no me llevaría a vanagloriarme de la mezquindad. Esta la omito, y no solo por falta de perdón de mí misma, yo que me he perdonado todo lo que ha sido grave e importante en mí. La mezquindad también la omito porque la confesión es para mí, en muchas ocasiones, una vanidad, incluso una confesión penosa.

No es que pretenda estar libre de vanidad, pero necesito tener el campo libre de mí para poder avanzar. Si yo avanzase. ¿O no querer sentir vanidad es la peor forma de envanecerse? No, considero que estoy necesitando mirar sin que el color de mis ojos tenga importancia, necesito ver libre de mí para ver.

¿Y eso es todo lo que yo era? Cuando abro la puerta a una visita inesperada, lo que sorprendo en el rostro de quien me está mirando desde la puerta es que acaba de sorprender en mí mi suave preclímax. Lo que los demás reciben de mí se refleja entonces nuevamente en mí, y forma la atmósfera de lo que se denomina: yo. El preclímax tal vez ha sido hasta ahora mi existencia. La otra —la incógnita y anónima—, esa otra existencia mía que apenas era profunda, era lo que probablemente me daba la seguridad de quien tiene siempre en la cocina una tetera a fuego suave: así, en cualquier circunstancia y a cualquier hora, tendría yo agua hirviendo.

Solo que el agua nunca llegó a hervir. No necesitaba violencia, hervía yo lo suficiente para que el agua nunca hirviese ni se derramase. No, yo no conocía la violencia. He nacido sin una misión que cumplir, mi naturaleza no me imponía ninguna; y siempre he procurado no imponerme una tarea. No me imponía una tarea, pero me organicé para ser comprendida por mí, no soportaría el no encontrarme en la lista. Mi pregunta, si la tenía, no era: «quién soy», sino «entre quiénes soy». Mi ciclo estaba completo: lo que vivía en el presente se condicionaba ya para que pudiese yo ulteriormente entenderme. Un ojo vigilaba mi vida, y ese ojo era probablemente lo que yo llamaba ora verdad, ora moral, ora ley humana, ora Dios, ora yo. Vivía yo de tal suerte dentro de un espejo. Dos minutos después de nacer había perdido ya mis orígenes.

Un momento antes del clímax, un momento antes de la revolución, un momento antes de lo que se denomina amor. Un momento antes de mi vida, que, por una especie de fuerte atracción por lo contrario, yo no transformaba en vida; y también por una voluntad de orden. Hay un mal gusto en el desorden de vivir. E incluso no sabría yo, aunque lo hubiese deseado, transformar ese momento latente en momento real. Por el placer de una cohesión armoniosa, por el placer avaro y permanentemente prometedor de poseer pero no gastar, yo no necesitaba clímax o revolución o algo más que el preamor, que es mucho más feliz que el amor. ¿La promesa me bastaba? Una promesa me bastaba.

¿Quién sabe si esa actitud o falta de actitud también está unida a que, al no tener ni marido ni hijos, no he necesitado, como suele decirse, mantener o romper cadenas: yo era continuamente libre? Ser continuamente libre también se veía favorecido por mi temperamento, que es fácil: como, bebo y duermo con facilidad. Y también, es evidente, mi libertad procedía de ser yo financieramente independiente.

Supongo que a la escultura se debe el que piense en el momento mismo, pues he aprendido a pensar con las manos y en el momento de utilizarlas. También de la escultura ocasional he conservado la costumbre del placer al que tendía ya por naturaleza: mis ojos habían palpado tanto la forma de las cosas que me fui familiarizando cada vez más con el placer, y enraizándome en él. Podía, con mucho menos de lo que era, utilizar ya todo: exactamente como ayer, a la mesa del desayuno, me bastaba, para crear formas redondas con miga de pan, la superficie de mis dedos y la superficie de la miga de pan. Para tener lo que tenía nunca había necesitado ni esfuerzo ni talento. Lo que tenía no lo había conquistado, era un don.

Y en lo referente a los hombres y a las mujeres, ¿qué era yo? Siempre sentí una admiración extremadamente afectuosa por los modos y las costumbres masculinas, y sentía sin premura el placer de ser femenina, ser femenina también era un don para mí. Solo tuve la facilidad de los dones, y no el horror de las vocaciones, ¿es eso?

Desde la mesa donde me entretenía porque disponía de tiempo, miraba alrededor mientras los dedos redondeaban la miga de pan. El mundo era un lugar. Que me servía para vivir: en el mundo podía yo meter una bolita de miga en otra, bastaba yuxtaponerlas, y sin forzar siquiera, bastaba presionarlas lo suficiente para que una superficie se uniese a otra superficie, y así, con placer, iba formando una pirámide curiosa que me satisfacía: un triángulo de líneas rectas hecho de formas redondas, una forma que está hecha de sus formas opuestas. Si eso tenía un sentido, la miga de pan y mis dedos probablemente lo sabían.

El apartamento me refleja. Está en el último piso, lo que se considera un signo de elegancia. Personas de mi ambiente procuran vivir en lo que se llama «bajo los tejados». Es mucho más que una elegancia. Es un verdadero placer: desde allí se domina una ciudad. Cuando esa elegancia se vulgarice, yo, sin saber siquiera por qué, ¿me pasaré a otra elegancia? Quizá. Como yo, el apartamento tiene penumbras y luces húmedas, nada aquí es brutal; una habitación precede y prefigura la otra. Desde mi comedor veía yo los efectos de sombras que anunciaban la sala de estar. Todo aquí es la réplica elegante, irónica y graciosa de una vida que nunca ha existido en parte alguna: mi casa es una creación puramente artística.

Todo aquí se refiere, en verdad, a una vida que si fuese real no me serviría. ¿Qué reproduce ella, entonces? Real, no la entendería, pero me gustan las reproducciones y la entiendo. La copia es siempre bella. El ambiente de personas semiartísticas y artísticas donde vivo debería, no obstante, hacerme rechazar las copias: pero siempre he preferido la parodia, ella me servía. Plagiar una vida probablemente me daba —¿o me da todavía?, ¿hasta qué punto se ha destruido la armonía de mi pasado?—, plagiar una vida probablemente me daba seguridad precisamente porque esa vida no era mía: no era una responsabilidad para mí.

El leve placer difuso —que parece haber sido el tono en que vivo o vivía— quizá procediese de que el mundo no era yo ni era mío: podía aprovecharlo. Así como tampoco a los hombres los había yo hecho míos, y podía entonces admirarlos y sinceramente amarlos, como se ama sin egoísmos, como se ama una idea. No siendo míos, nunca los torturaba.

Como se ama una idea. La refinada elegancia de mi casa se debe a que aquí todo está entre comillas. Por honestidad para con una auténtica creación, cito el mundo, lo citaba, ya que él no era ni yo ni mío. ¿La belleza, como para todas las personas, una cierta belleza era mi objetivo? ¿Vivía yo en belleza?

En cuanto a mí misma, sin mentir ni ser sincera —como en aquel momento en que ayer por la mañana estaba sentada a la mesa del desayuno—, en cuanto a mí misma, siempre conservé una comilla a mi izquierda y otra a mi derecha. De algún modo, «como si no fuese yo», era más amplio de lo que existía, una vida inexistente me poseía entera y me ocupaba como una invención. Solamente en la fotografía, al revelar el negativo, se revelaba algo que, fuera de mi alcance, era alcanzado por la instantánea: al revelar el negativo también se revelaba mi presencia de ectoplasma. ¿Es la fotografía el retrato de un hueco, de una ausencia, de una falta?

No obstante, yo misma era, más que clara y correcta, una bella reproducción. Pues todo eso es lo que probablemente me vuelve generosa y bella. Basta la mirada de un hombre experimentado para que él advierta que ella es una mujer generosa y encantadora, y que no causa molestia, y que no devora a un hombre: mujer que sonríe y ríe. Respeto el placer ajeno, y delicadamente saboreo mi placer, el tedio me alimenta y delicadamente me come, el dulce tedio de una luna de miel.

Esa imagen de mí entre comillas me satisfacía, y no solo superficialmente. Yo era la imagen de lo que no era, y esa imagen del no ser me colmaba por completo: uno de los modos más fuertes de ser es ser negativamente. Como no sabía yo lo que era, entonces «no ser» era mi acercamiento principal a la verdad: al menos, tenía el otro lado: al menos tenía el «no», tenía mi opuesto. No sabía cuál era mi bien, así que vivía con un cierto pre-fervor lo que era mi «mal».

Y viviendo mi «mal», vivía el lado contrario de lo que ni siquiera conseguiría yo querer o intentar. Como quien vive con aplicación y amor una vida de «desenfreno», y al menos posee lo contrario de lo que no conoce ni puede ni quiere: una vida de monja. Ahora sé que yo tenía ya todo, aunque de modo contrario: me dedicaba a cada detalle del no. No siendo en el detalle, me demostraba que… que yo era.

Ese modo de no ser era muchísimo más agradable, muchísimo más limpio: pues, sin estar siendo ahora irónica, soy una mujer de espíritu. Y de cuerpo gracioso. En la mesa del desayuno me encuadraba con mi vestido blanco, mi rostro claro y bien esculpido, y un cuerpo sencillo. De mí irradiaba una especie de bondad que nace de la indulgencia para con los propios placeres y los de los demás. Saboreaba yo delicadamente lo mío, y delicadamente me limpiaba la boca con la servilleta.

Esa mujer, G. H. en el cuero de las maletas, era yo; soy yo, ¿todavía? No. Desde ahora preveo que lo más duro que mi vanidad tendrá que afrontar será el juicio de mí misma: tendré toda la apariencia de quien falló, y solo yo sabré si fue necesaria la quiebra.

Solo yo sabré si fue necesaria la quiebra.

Me levanté por fin de la mesa del desayuno, esa mujer. No tener aquel día ninguna asistenta iba a ofrecerme el tipo de actividad que deseaba: el de poner orden. Supongo que esta es mi única vocación verdadera. Ordenando las cosas, creo y entiendo al mismo tiempo. Pero, mediante dinero razonablemente bien invertido, he logrado poco a poco un cierto bienestar, lo que me ha impedido realizar esa vocación: si no perteneciese por dinero y por cultura a la clase a la que pertenezco, habría trabajado seguramente de criada en una gran casa de gente rica, donde hay mucho que ordenar. Ordenar es buscar la mejor forma. Habría sido criada-asistenta, y ni siquiera habría necesitado mi afición por la escultura si con mis manos hubiese podido ordenarlo todo. ¿Ordenar la forma?

El placer siempre prohibido de ordenar algo era tan importante para mí que, incluso sentada a la mesa, ya comenzaba a deleitarme en el mero hecho de hacer planes. Miraba yo el apartamento: ¿por dónde empezaría?

Y también para que después, en la séptima hora, como en

el séptimo día, quedase libre para descansar y gozar de una parte de día de tranquilidad. Calma casi sin alegría, lo que me haría mucho bien: con las horas de escultura he aprendido esa calma casi sin alegría. En la semana anterior me había divertido en exceso, había salido demasiado, había disfrutado en exceso de todo lo que había querido, y ahora deseaba aquel día exactamente como se anunciaba: pesado, bueno y vacío. Lo haría durar todo lo posible.

Comenzaría quizá por ordenar el fondo del apartamento: el cuarto de la criada debía de estar inmundo, en su doble función de dormitorio y depósito de trapos, trastos viejos, periódicos antiguos, papeles de envoltorio inútiles y bramantes inservibles. Lo dejaría limpio y dispuesto para la nueva criada. Después, desde el final del apartamento, iría poco a poco «subiendo» horizontalmente hasta su lado opuesto, que era la sala de estar, donde —como si yo misma fuese el punto final de ordenamiento y de la mañana— leería el periódico, tendida en el sofá, y probablemente me adormecería. Si no sonaba el teléfono.

Pensándolo mejor, decidí desconectar el teléfono y así me aseguraba de que nada me perturbaría.

¿Cómo diré ahora que ya entonces comenzaba a ver lo que solo después sería evidente? Sin saber, estaba ya en la antesala de la habitación. Comenzaba ya a ver, y no sabía; he visto desde que nací y no sabía, no sabía.

Dame tu mano desconocida, que la vida me hace daño, y no sé cómo hablar; la realidad es demasiado delicada, solo la realidad es delicada, mi irrealidad y mi imaginación son más pesadas.

Decidida a comenzar a ordenar por el cuarto de la criada, atravesé la cocina que da a la zona de servicio. Al final de la zona está el pasillo al que da la habitación. Antes, sin embargo, me apoyé en la pared de la zona para terminar de fumarme el cigarrillo.

Miré hacia abajo: trece pisos se veían del edificio. No sabía yo que todo aquello formaba ya parte de lo que iba a suceder. Mil veces antes, el movimiento probablemente había comenzado y luego se había detenido. Esta vez el movimiento iría hasta el final, y yo no lo presentía.

Miré el patio interior, la zona trasera de los apartamentos desde donde mi apartamento también se veía como zona trasera. Por fuera, mi inmueble era blanco, con fachada lisa con lisura de mármol. Pero por dentro, el patio interior era un amontonamiento oblicuo de escuadras, ventanas, cuerdas y trazos negros de lluvia, ventana abierta contra ventana, bocas mirando bocas. El vientre de mi inmueble era como una fábrica. Una miniatura del tamaño de un paisaje de gargantas y *canyons*: allí, fumando, como si estuviese en la cima de una montaña, yo contemplaba la vista, probablemente con el mismo mirar inexpresivo de mis fotografías.

Veía lo que aquello decía: aquello nada decía. Y recibía con atención ese nada, lo recibía con lo que había dentro de mis ojos en las fotografías; solo ahora sé que siempre he estado recibiendo la señal muda. Yo miraba el interior del patio. Todo aquello era de una riqueza inanimada que me recordaba a la naturaleza: también allí se podía ir a buscar uranio y de allí podría brotar petróleo.

Contemplaba yo lo que solo tendría sentido más tarde;

quiero decir, solo más tarde tendría una profunda falta de sentido. Solo después iba yo a entender: lo que parece falta de sentido es el sentido. Todo momento de «falta de sentido» es exactamente la aterradora certidumbre de que allí hay un sentido, y que no solamente no capto, sino que no quiero porque no tengo garantías. La falta de sentido me asaltaría más tarde solamente. ¿Tomar conciencia de la falta de un sentido habría sido siempre mi modo negativo de sentir el sentido? Además de mi participación.

Lo que yo estaba viendo en aquel monstruoso interior de máquina, lo que era el patio interior de mi inmueble, lo que estaba contemplando eran cosas hechas, eminentemente prácticas y con finalidad práctica.

Pero algo de naturaleza terrible y difusa —que más tarde experimentaría en mí—, algo de naturaleza fatal había brotado inevitablemente de las manos del centenar de obreros eficaces que habían instalado conducciones de agua potable y de aguas residuales, sin saber ninguno que estaban construyendo aquella ruina egipcia que yo contemplaba ahora con la mirada de mis fotografías de playa. Solo después sabría yo lo que había visto; solo después, al ver el secreto, reconocí que ya lo había visto.

Arrojé el cigarrillo encendido hacia abajo, y retrocedí un paso, esperando que ningún vecino me relacionase con el gesto prohibido por la portería del inmueble. Después, con cuidado, avancé apenas la cabeza, y miré: no podía adivinar siquiera dónde había caído el cigarrillo. El abismo lo tragó en silencio. ¿Estaba yo allí pensando? Como mínimo, pensaba en nada. O quizá en la hipótesis de que algún vecino me hubiese visto hacer el gesto prohibido, que sobre todo no encajaba con la mujer educada que soy, lo que me hacía sonreír.

Después me dirigí hacia el pasillo oscuro que sigue a la cocina.

Después me dirigí al pasillo oscuro que sigue a la cocina.

En el pasillo, donde termina el apartamento, dos puertas indistinguibles en la sombra se encaran: la de la salida de servicio y la del cuarto de la criada. Los bajos fondos de mi casa. Abrí la puerta que daba al montón de periódicos y a las tinieblas de la empleada y de los trastos viejos.

Pero, al abrir la puerta, mis ojos parpadearon por los reflejos y el desagrado físico.

En vez de la penumbra confusa que esperaba, chocaba con la visión de una habitación que era un cuadrilátero de blanca luz; mis ojos se protegieron parpadeando.

Hacía unos seis meses —el tiempo que aquella criada estuvo conmigo— que no entraba yo allí, y mi espanto se debía a toparme con una habitación totalmente limpia.

Esperaba encontrar tinieblas, me había preparado para tener que abrir de par en par la ventana y limpiar con el aire fresco el olor a cerrado. No contaba con que aquella empleada, sin decirme nada, hubiese ordenado la habitación a su manera, y con osadía de propietaria la hubiese liberado de su función de trastero.

Desde la puerta veía yo ahora una habitación que tenía un orden tranquilo y vacío. En mi casa fresca, acogedora y húmeda, la criada, sin avisarme, había preparado un vacío seco. Ahora era una habitación toda limpia y vibrante como en un manicomio de donde se retiran los objetos peligrosos.

Allí, en el hueco creado, se concentraba ahora la reverberación de las telas, de las terrazas de cemento, de las antenas erectas de todos los edificios cercanos y del reflejo de mil cristales de las viviendas. La habitación parecía estar en el nivel incomparablemente superior del propio apartamento.

Como un minarete. Comenzó entonces a producirse mi primera impresión de minarete, situado encima de una extensión ilimitada. De esa impresión distinguía, no obstante, solo mi desagrado físico.

La habitación no era un cuadrilátero regular: dos de sus ángulos estaban ligeramente más abiertos. Y aunque esta fuese su realidad material, me vino como si fuese mi visión lo que lo deformase. Parecía la representación, en el papel, del modo en que podría yo ver un cuadrilátero: ya deformado en sus líneas de perspectiva. La solidificación de un error de visión, la materialización de una ilusión óptica. No ser totalmente regular en sus ángulos le daba una impresión de fragilidad de base como si la habitación-minarete no estuviese encajada en el apartamento ni en el edificio.

Desde la puerta veía yo el sol fijo cortando con una nítida línea de sombra negra el techo en su mitad y el suelo en sus dos terceras partes. Durante seis meses un sol permanente había trabajado el armario de pino, y desnudaba aún más blanco las paredes blanqueadas.

Y fue en una de las paredes donde, en un movimiento de sorpresa y de retroceso, vi el insólito mural.

En la pared blanqueada contigua a la puerta —y por eso aún no lo había visto— estaba casi en tamaño natural la silueta, trazada con carboncillo, de un hombre desnudo, de una mujer desnuda y de un perro que estaba más desnudo que un perro. En los cuerpos no estaba dibujado lo que la desnudez revela, la desnudez venía solamente de la ausencia de todo lo que recubre: eran las siluetas de una desnudez vacía. El trazo era grosero, hecho con la punta quebrada del carboncillo. En algunos trozos la línea se duplicaba como si un trazo fuese el temblor de otro. Un temblor seco de carboncillo seco.

La rigidez de las líneas incrustaba las figuras agigantadas y embrutecidas en la pared, como de tres autómatas. Incluso el cachorro tenía la locura mansa de aquello que no se mueve por fuerza propia. Lo deforme del trazo excesivamente simple convertía al cachorro en algo duro y petrificado, pero engastado en sí mismo más que en la pared.

Pasado el primer momento de sorpresa al descubrir en mi propia casa un mural oculto, examiné mejor, esta vez con sorpresa divertida, las figuras sueltas en la pared. Los pies solamente esbozados no tocaban la línea del suelo, y eso, junto con la rigidez entontecida de las líneas, dejaba a las tres figuras sueltas como tres espectros de momias. A medida que me incomodaba más y más la dura inmovilidad de las figuras, más intensa se volvía en mí la idea de momias. Ellas emergían como si hubiesen sido un destilamiento gradual del interior de la pared, salidas lentamente del fondo hasta haber marcado de sudor la superficie de cal áspera.

Ninguna figura tenía relación con las demás, y las tres no formaban un grupo: cada figura miraba de frente, como si nunca hubiese mirado de lado, como si nunca hubiese visto a las demás y no supiese que al lado existía alguien.

Sonreí forzadamente, estaba intentando sonreír: cada figura se hallaba allí en la pared exactamente como yo misma había permanecido rígida de pie en la puerta de la habitación. El dibujo no era un adorno: era una escritura.

El recuerdo de la empleada ausente me paralizaba. Quise recordar su rostro y, admirada, no lo conseguí; de tal modo lograba ella excluirme de mi propia casa, como si hubiese cerrado la puerta y me hubiese dejado lejana en relación con mi morada. El recuerdo de sus rasgos se me escapaba; debía de ser un lapso temporal.

Pero su nombre; claro, claro, finalmente lo recordé: Janair. Y, mirando el dibujo hierático, de repente se me ocurrió que Janair me había detestado. Yo miraba las figuras de hombre y de mujer que mantenían expuestas y abiertas las palmas de las manos vigorosas, y que allí parecían haber sido dejadas por Janair como un mensaje brutal para cuando yo abriese la puerta.

Mi malestar era de alguna manera divertido: ¿es que nunca antes había imaginado que, en el mutismo de Janair, pudiese haber existido una censura de mi vida que quizá, en su silencio, ella había calificado como «una vida de hombre»? ¿Cómo me había juzgado ella?

Miré el mural donde yo debía de hallarme representada… Yo, el Hombre. Y en cuanto al cachorro, ¿sería este el epíteto que ella me daba? Desde hacía años yo no había sido juzgada más que por mis iguales y por mi propio ambiente, que estaban hechos, en suma, de mí misma y para mí misma. Janair era la primera persona realmente ajena de cuyo mirar yo tomaba conciencia.

De repente, esta vez con malestar real, me dejé atrapar por una sensación que durante seis meses, por negligencia y desinterés, no me había permitido tener: la del silencioso odio de aquella mujer. Lo que me sorprendía es que era una especie de odio indiferente, el peor odio: el indiferente. No un odio que me individualizase, sino solamente la ausencia de clemencia. No, ni siquiera odio.

Fue entonces cuando inesperadamente conseguí recordar su rostro; pues claro, ¿cómo había podido olvidarlo? Volví a ver el rostro negro y tranquilo, volví a ver la piel enteramente opaca que más parecía uno de sus modos de callarse, las cejas muy bien dibujadas, volví a ver los rasgos finos y delicados que apenas se distinguían en la negrura apagada de la piel.

Los rasgos —descubrí sin placer— eran rasgos de reina. E igualmente su porte: el cuerpo erguido, delgado, duro, liso, casi sin carne, ausencia de senos y de caderas. ¿Y sus ropas? No era sorprendente que yo la hubiese utilizado como si ella no hubiera tenido presencia: bajo el pequeño delantal, se vestía siempre de marrón oscuro o de negro, lo que la volvía toda oscura e invisible; se me puso la carne de gallina al descubrir que hasta ahora no había advertido que aquella mujer era invisible. Janair no tenía apenas más que su forma exterior, los rasgos dentro de su forma eran tan puros que apenas existían: estaba achatada como un bajorrelieve colocado sobre una tabla.

Y fatalmente, tal como era ella, ¿así me habría visto? Abstrayendo de aquel cuerpo mío dibujado en la pared todo lo que no era esencial, y también de mí, viendo solo el contorno. Curiosamente, no obstante, la figura en la pared me recordaba a alguien, que era yo misma. Molesta por la presencia que Janair había dejado de sí misma en la habitación de mi casa, yo distinguía que las tres siluetas angulosas de zombis habían, de hecho, retrasado mi entrada como si la habitación estuviese todavía habitada.

Yo dudaba en la puerta.

También porque la simplicidad inesperada de la habitación me desorientaba: en verdad, no sabía siquiera por dónde comenzar a ordenar, o incluso si tenía algo que ordenar.

Desanimada, contemplé la desnudez del minarete:

La cama, sin sábanas, mostraba el colchón de paño de lana polvoriento, con grandes manchas desteñidas como de sudor o de sangre aguada, manchas antiguas y pálidas. A trechos, la crin fibrosa surgía por el paño, que estaba podrido de tan seco, y apuntaba recto en el aire.

En un rincón había tres maletas viejas colocadas contra la pared con tan perfecto orden simétrico que su presencia pasaba inadvertida, pues en nada alteraba el vacío de la habitación. Sobre ellas, y sobre la marca casi muerta de un «G. H.», el montón ya sedimentado y tranquilo de polvo.

Y estaba también el armario estrecho: solo tenía una puerta, y de la altura de una persona, de mi altura. La madera continuamente reseca por el sol se abría en grietas y fisuras. Aquella Janair, entonces, ¿nunca había cerrado la ventana? Había aprovechado más que yo la vista que se tenía «bajo los tejados».

La habitación se diferenciaba tanto del resto del apartamento que para entrar en ella era como si yo antes hubiese salido de mi casa y llamado a la puerta. La habitación era lo contrario de lo que yo había creado en mi casa, lo opuesto de la suave belleza que resultaba de mi talento para organizar, de mi talento de vivir, lo opuesto de mi ironía tranquila, de mi dulce y serena ironía: era una violación de mis comillas, de las comillas que hacían de mí una citación de mí. El cuarto era el retrato de un estómago vacío.

Y nada de lo que allí había estaba hecho por mí. En el resto de la casa el sol se filtraba desde el exterior, rayo tras rayo, tamizado por un doble juego de cortinas gruesas y ligeras. Pero allí el sol no parecía venir del exterior: era el lugar mismo del sol fijo e inmóvil, en una dureza luminosa como si, ni de noche, la habitación cerrase jamás su párpado. Todo allí eran nervios seccionados que hubiesen secado sus extremos en alambre. Me había preparado para limpiar sus cosas, pero luchar con aquella ausencia me desorientaba.

Noté entonces que estaba enfadada. La habitación me incomodaba físicamente como si en el aire hubiese hasta ahora permanecido el sonido del rascar del carboncillo seco en la cal seca. El sonido inaudible de la habitación era como el de una aguja que continuara pasando sobre el disco ya terminada la música. Un crujido neutro de cosa era lo que formaba la materia de su silencio. Carboncillo y uña uniéndose, carboncillo y uña, tranquila y compacta ira de aquella mujer que era la representante de un silencio como si representase un país extranjero, la ira africana. Y que ahí dentro de mi casa se había alojado, la extranjera, la enemiga indiferente.

Me pregunté si, en verdad, Janair me habría odiado, o si era yo quien, sin haberla siquiera mirado, la odiaba. Tal como ahora estaba descubriendo con irritación que la habitación no dejaba de irritarme; detestaba aquel cubículo que solo tenía superficies: sus entrañas se habían calcinado. Lo miraba con repugnancia y desaliento.

Hasta que me obligué y me hice violencia: hoy mismo iba a modificar todo aquello.

Lo primero que haría sería llevar al pasillo las pocas cosas que había en la habitación. Luego echaría en la habitación vacía cubos y cubos de agua que el aire solidificado absorbería; y finalmente quitaría el polvo hasta que surgiese humedad en aquel desierto, destruyendo el minarete que dominaba altanero un horizonte de tejados. Después echaría agua en el armario para atragantarlo hasta la boca; y por fin, por fin vería cómo la madera empezaba a pudrirse. Una ira inexplicable, pero completamente natural, se había apoderado de mí: quería matar algo allí dentro.

Y luego, luego, cubriría ese colchón de paja seca con una sábana suave, limpia y fresca, con una de mis sábanas personales, bordada con mis iniciales, para reemplazar la que Janair había debido de echar al lavadero.

Pero antes rasparía de la pared el trazo granuloso del carboncillo, desincrustando con un cuchillo el cachorro, borrando la palma extendida de las manos del hombre, destruyendo la cabeza demasiado pequeña para el cuerpo de aquella mujerona desnuda. Y echaría agua y agua que correría en ríos por el raspado de la pared.

Suspiré de alivio, como si estuviese viendo ya la fotografía de la habitación después de que hubiese sido transformada en mía y en mí.

Entonces, entré.

Cómo explicar, sino que me estaba ocurriendo algo incomprensible. ¿Qué pretendía esa mujer que fuese yo? ¿Qué le ocurría a la G. H. del cuero de la maleta?

Nada, nada, solo que mis nervios estaban ahora despiertos, mis nervios que ¿habían estado tranquilos o solamente bien ordenados? Mi silencio ¿había sido silencio o una voz aguda que era muda?

Cómo explicarte: he aquí que, de repente, aquel mundo interior que yo era se crispaba de cansancio, no soportaba más el cargar en las espaldas —¿qué?— y sucumbía a una tensión que no sabía que siempre había sido mía. Estaban ya produciéndose en mí entonces, y aún no lo sabía, las primeras señales del hundimiento de grutas calcáreas subterráneas, que se derrumbaban bajo el peso de capas arqueológicas estratificadas, y el peso del primer hundimiento hacía caer las comisuras de mi boca, me dejaba los brazos colgantes. ¿Qué me ocurría? Nunca podré entender, pero ha de existir quien entienda. Y es en mí donde debo crear ese alguien que comprenderá.

Y es que, aunque ya había entrado en la habitación, me parecía haber entrado en nada. Incluso en el interior, seguía de algún modo del lado de fuera. Como si la habitación no tuviese suficiente amplitud para acogerme y dejase en el pasillo trozos de mí, en la mayor repulsa de que yo fuese ya víctima: yo no cabía.

Al mismo tiempo, mirando el cielo bajo el techo blanco, me sentía asfixiada por el encierro y la restricción. Y ya echaba de menos mi casa. Me obligué a recordar que también aquella habitación era propiedad mía, me pertenecía: pues, sin salir de mi casa, sin subir ni bajar, había llegado a la habitación. A me nos que hubiese existido un modo de caer en un pozo igual en sentido horizontal, como si hubiesen torcido ligeramente el inmueble y yo, deslizándome, hubiese sido rechazada de puerta en puerta hasta aquella más alta.

Atrapada allí dentro por una trama de vacíos, olvidaba de nuevo el itinerario de ordenación que había preparado, y no sabía con certeza por dónde comenzar a ordenar. La habitación no tenía un punto que se pudiese denominar inicio ni un punto que pudiese considerarse final. Era de una igualdad que la tornaba imprecisa.

Paseé la mirada por el armario, la subí hasta una grieta del techo, procurando apoderarme un poco más de aquel enorme vacío. Con más osadía, aunque sin ninguna familiaridad, pasé los dedos por las desigualdades del colchón.

Me animó una idea: a aquel armario, una vez bien impregnado de agua, bien empapado en todas sus fibras, le aplicaría cera para darle algo de brillo, y también por dentro extendería cera, pues el interior debía de estar aún más calcinado.

Abrí un poco la estrecha puerta del armario, y la oscuridad interior se escapó como una exhalación. Intenté abrirla un poco más, pero la puerta chocaba con la pata de la cama. Introduje cuanto pude mi rostro por la abertura de la puerta. Y, como si la oscuridad interior me espiase, permanecimos un instante espiándonos sin vernos. Yo nada veía, solo conseguía sentir un olor caliente y seco como el de una gallina viva. No obstante, empujando la cama un poco más contra la ventana, conseguí abrir la puerta unos centímetros más.

Entonces, antes de comprender, mi corazón encaneció como encanecen los cabellos.

Entonces, antes de comprender, mi corazón encaneció como encanecen los cabellos.

Al lado de mi rostro introducido por la abertura de la puerta, muy cerca de mis ojos, en la semioscuridad, se había movido una cucaracha enorme. Mi grito fue tan ahogado que solo por el silencio contrastante me di cuenta de que no había gritado. El grito se había quedado golpeando dentro del pecho.

Nada, no era nada, procuré inmediatamente calmarme de mi susto. Es que no me esperaba que, en una casa minuciosamente desinfectada por mi desagrado hacia las cucarachas, la habitación se me hubiese olvidado. No, no era nada. Era una cucaracha que lentamente se movía en dirección a la abertura.

Por su lentitud y su tamaño, debía de ser una cucaracha muy vieja. En mi arcaico horror por las cucarachas había aprendido a adivinar, incluso a distancia, su edad y sus peligros; aunque nunca me había encarado realmente con una cucaracha, conocía sus procesos vitales.

Solo que haber descubierto de repente vida en la desnudez de la habitación me había asustado como si hubiese descubierto que la habitación muerta era, en verdad, poderosa. Todo allí se había secado, pero quedaba una cucaracha. Una cucaracha tan vieja que era inmemorial. Lo que siempre me había repugnado de las cucarachas es que eran obsoletas y, sin embargo, actuales. Saber que ellas ya vivían sobre la Tierra, e iguales que hoy día, antes incluso de que hubiesen aparecido los primeros dinosaurios, saber que el primer hombre ya las había encontrado proliferantes y arrastrándose, saber que habían sido testigos de la formación de los grandes yacimientos de petróleo y carbón del mundo, y allí estaban durante el gran avance y después durante el gran retroceso de los glaciares, la resistencia pacífica. Yo sabía que las cucarachas resistían más de un mes sin alimento o agua. Y que hasta de la madera hacen una sustancia nutritiva aprovechable. Y que, incluso después de pisadas, recuperaban lentamente su forma y seguían caminando. Incluso congeladas, al descongelarlas proseguían la marcha... Hace trescientos cincuenta millones de años que se reproducían sin transformarse. Cuando el mundo estaba casi desnudo, ellas ya lo cubrían pausadas.

Como allí, en la habitación desnuda y atestada, la gota virulenta: en una limpia probeta de ensayo, una gota de materia.

Contemplé la habitación con desconfianza. Había una cucaracha, entonces. O cucarachas. ¿Dónde? Detrás de las maletas, tal vez. ¿Una? ¿Dos? ¿Cuántas? Detrás del silencio inmóvil de las maletas, quizá toda una oscuridad de cucarachas. ¿Una inmovilizada sobre la otra? Camadas de cucarachas, que de repente me recordaban lo que, siendo yo pequeña, había descubierto una vez al levantar el colchón sobre el que dormía: la negrura de cientos y cientos de chinches, amontonadas unas sobre otras.

El recuerdo de mi pobreza de niña, con las chinches, goteras, cucarachas y ratones, era como de un pasado mío histórico, yo había vivido ya con los primeros animales del planeta.

¿Una cucaracha? ¿Muchas? Pero ¡¡¿cuántas?!, me pregunté iracunda. Paseé la mirada por la habitación desnuda. Ningún ruido, ninguna señal: pero ¿cuántas? Ningún ruido y, sin embargo, yo sentía perfectamente una resonancia enfática, que era la del silencio rozando el silencio. La hostilidad se apoderó de mí. Es más que no agradarle a una las cucarachas: las detesto. Aparte de que son la miniatura de un animal gigantesco. La hostilidad crecía.

No era yo quien rechazaba la habitación, como había sentido por un instante en el umbral. La habitación, con su cucaracha secreta, me rechazaba. Desde el inicio fui rechazada por la visión de una desnudez tan fuerte como la de un espejismo; pues no fue el espejismo de un oasis lo que se había apoderado de mí, sino el espejismo de un desierto. Después me había inmovilizado el mensaje brutal en la pared: las figuras con las manos extendidas habían sido uno de los sucesivos guardianes a la entrada del sarcófago. Y ahora comprendía que la cucaracha y Janair eran los verdaderos ocupantes de la habitación.

No, no ordenaría nada; si había cucarachas, no. Que la nueva empleada dedicase su primer día de servicio a aquel escriño polvoriento y vacío.

Una oleada de escalofrío, pese al gran calor del sol, me recorrió: me apresuré a salir de aquella habitación ardiente.

Mi primer movimiento físico de miedo, por fin expresado, fue lo que me reveló con sorpresa que tenía miedo. Y me precipitó entonces en el miedo primordial: al intentar salir, tropecé entre la pata de la cama y el armario. Una posible caída en aquella habitación de silencio me contrajo el cuerpo en una náusea profunda —tropezar había hecho de mi intento de huida un acto ya en sí fallido—, ¿sería ese el modo que «ellos», los del sarcófago, tenían de no dejarme salir? Me impedían salir y de un modo bien simple: me dejaban enteramente libre, pues sabían que no podría salir nunca sin tropezar y caer.

No es que estuviese presa, pero estaba localizada. Tan localizada como si allí me tuviesen sujeta con el simple y único gesto de señalarme con el dedo, señalarme a mí y a un lugar.

Ya había conocido anteriormente la sensación de lugar. Cuando era pequeña, había tenido inesperadamente la conciencia de estar echada en una cama que se hallaba en la ciudad, que se hallaba en la Tierra, que se hallaba en el mundo. Al igual que cuando era niña, tuve entonces la sensación muy clara de que estaba totalmente sola en una casa, y que la casa era alta y estaba suelta en el aire, y que esta casa tenía cucarachas invisibles.

Anteriormente, cuando me situaba, aumentaba de tamaño. Ahora me situaba disminuyendo de tamaño, disminuyendo hasta tal punto que, dentro de la habitación, mi único lugar estaba entre el pie de la cama y la puerta del armario.

Salvo que esta impresión se producía ahora felizmente no por la noche, como cuando era niña, pues debían de ser las diez y pico de la mañana.

Y de repente, las once horas de la mañana que pronto iban a sonar me parecieron un elemento de terror; como el lugar, también el tiempo se había vuelto palpable, yo quería huir como del interior de un reloj, y me precipité alocadamente.

Pero para poder salir del rincón donde, al haber entreabierto la puerta del armario, yo misma me había encerrado, antes debía cerrar la puerta que me bloqueaba contra la pata de la cama: allí estaba yo, sin paso libre, aprisionada por el sol que ahora me quemaba en los cabellos de la nuca, en el horno seco que se llamaba las diez de la mañana.

Mi mano agarró rápida la puerta del armario para cerrarlo y abrirme camino; pero retrocedí de nuevo.

Allí dentro, la cucaracha se había movido.

Me quedé quieta. Mi respiración era leve, superficial. Tenía yo ahora una sensación de irremediable. Y ya sabía que, aunque absurdamente, solo tenía la posibilidad de salir de allí reconociendo frontal y absurdamente que algo se estaba volviendo irremediable. Sabía que debía admitir el peligro en que me hallaba, incluso consciente de que era una locura creer en un peligro totalmente inexistente. Pero debía creer en mí —toda la vida había estado, como todo el mundo, en peligro—, pero ahora, para poder salir, tenía la responsabilidad alucinada de tener que saber eso.

En mi encierro, entre la puerta del armario y la pata de la cama, aún no había intentado mover nuevamente los pies para salir, pero me había echado hacia atrás como si, incluso en su extrema lentitud, la cucaracha pudiese dar un salto; yo había visto ya cucarachas que de repente vuelan, fauna alada.

Permanecí inmóvil, haciendo cálculos desordenadamente. Estaba atenta, estaba totalmente atenta. En mí había crecido un sentimiento de gran esperanza, y una resignación estupefacta: es porque en esta espera atenta reconocía todas mis esperanzas anteriores, reconocía la atención con que también antes había vivido, la atención que nunca me abandona y que, en último análisis, quizá sea la cosa más indisociable de mi vida; ¿quién sabe si aquella atención era mi propia vida? También la cucaracha: ¿cuál es el único sentimiento de una cucaracha? La atención para seguir viva, inextricable de su cuerpo. En mí, todo lo que yo había superpuesto a lo inextricable de mí misma jamás había llegado probablemente a anular la atención que, más que atención para vivir, era el proceso mismo de vida en mí.

Fue entonces cuando la cucaracha comenzó a emerger del fondo.

Fue entonces cuando la cucaracha comenzó a emerger del fondo.

Primero, el temblor anunciante de las antenas.

Luego, detrás de los hilos secos, el cuerpo acorazado fue apareciendo. Hasta llegar casi entero a la abertura del armario.

Era parda, vacilaba como si pesase muchísimo. Ahora era casi totalmente visible.

Bajé rápidamente la mirada. Al ocultar los ojos, ocultaba a la cucaracha el ardid que se me había ocurrido; el corazón me latía casi como de alegría. Es porque de repente me había dado cuenta de que disponía de recursos, nunca antes había utilizado mis recursos, y ahora toda una potencia latente palpitaba en mí por fin, y una grandeza se apoderaba de mí: la de la valentía, como si el miedo mismo fuese lo que me había investido de mi valentía. Momentos antes había juzgado superficialmente que mis sentimientos eran solo de indignación y de desagrado, pero ahora reconocía —aunque nunca lo hubiese conocido antes— que lo que me sucedía era que por fin había asumido un miedo grande, mucho mayor que yo.

El miedo enorme me perturbaba toda. Vuelta hacia mi interior, como un ciego ausculta su propia atención, me sentía por vez primera toda habitada por un instinto. Y me estremecí de gozo extremo, como si por fin estuviese fijándome en la grandeza de un instinto que era ruin, total e infinitamente dulce, como si por fin experimentase, y en mí misma, una grandeza mayor que yo. Me embriagaba por vez primera con un odio tan limpio como de una fuente, me embriagaba con el deseo, justificado o no, de matar.

Toda una vida de atención —hace quince siglos que yo no luchaba, hace quince siglos que yo no mataba, hace quince siglos que yo no moría—, toda una vida de atención sostenida se reunía ahora en mí y golpeaba como una campana muda cuyas vibraciones no necesitaba oír; las reconocía. Como si, por vez primera, estuviese por fin al nivel de la Naturaleza.

Una rapacidad totalmente controlada se apoderó de mí, y, por ser controlada, era toda potencia. Hasta entonces, nunca había sido dueña de mis poderes, poderes que no entendía ni quería entender, pero la vida en mí los había retenido para que un día, por fin, soltase esa materia desconocida, feliz e inconsciente de que era finalmente: ¡yo!, yo, sea lo que sea.

Sin pudor alguno, trastornada por mi abandono a lo que es el mal, sin pudor alguno, conmovida, agradecida, por vez primera estaba siendo la desconocida que yo era, salvo que el desconocerme no me paralizaría más, la verdad ya me había desbordado: levanté la mano como para prestar juramento y de un solo golpe cerré la puerta sobre el cuerpo medio asomado de la cucaracha…

Al mismo tiempo, también había cerrado los ojos. Y así permanecí, toda temblorosa. ¿Qué había hecho?

Quizá ya entonces supiese que no me refería a lo que le había hecho a la cucaracha, sino a: ¿qué había hecho yo de mí?

Porque en esos instantes, con los ojos cerrados, yo tomaba conciencia de mí, como se toma conciencia de un sabor: toda yo era un sabor de ácido y verdete, toda yo era ácida como un metal en la lengua, como una planta verde aplastada, mi sabor me venía entero a la boca. ¿Qué había hecho de mí? Con el corazón golpeando, las sienes latientes, yo había hecho de mí esto: había matado. ¡Yo había matado! Pero ¿por qué aquel júbilo, y más allá de ello, la aceptación vital del júbilo? ¿Desde cuándo, entonces, había estado dispuesta a matar?

No, no se trataba de eso. La pregunta era: ¿qué había matado?

Esa mujer tranquila que yo siempre había sido ¿había enloquecido de placer? Con los ojos aún cerrados, temblaba de júbilo. Haber matado era mucho más grande que yo, estaba a la altura de aquella habitación sin límites. Haber matado entreabría la sequedad de las arenas de la habitación hasta la humedad, por fin, por fin, como si hubiese cavado y cavado con los dedos duros y ávidos hasta encontrar en mí un hilo potable de vida que era el de una muerte. Abrí lentamente los ojos, aún llena de dulzura, de gratitud, de timidez, con el pudor de la gloria.

Del mundo por fin húmedo de donde yo emergía, abrí los ojos y reencontré la grande y dura luz abierta, vi la puerta entonces cerrada del armario.

Y vi la mitad del cuerpo de la cucaracha fuera de la puerta. Proyectada hacia delante, erguida en el aire, una cariátide. Pero una cariátide viva.

Yo dudaba en comprender, miraba sorprendida. Poco a poco me di cuenta de lo que había sucedido: no había empujado la puerta con suficiente fuerza. La había atrapado, sí, la cucaracha ya no podría avanzar más. Pero la había dejado con vida.

Viva y mirando hacia mí. Desvié rápidamente la vista, con repulsión violenta.

Todavía faltaba, entonces, un golpe final. ¿Un golpe más? Yo no miraba, pero me repetía que era necesario un golpe más, lo repetía lentamente como si cada repetición tuviese como finalidad dar una orden de mando a los latidos de mi corazón. Los latidos que estaban demasiado espaciados como un dolor cuyo sufrimiento no sintiese yo.

Hasta que —logrando por fin escucharme, logrando por fin darme una orden— levanté la mano bien alta como si mi cuerpo entero, junto con el golpe del brazo, fuese a caer también él con todo su peso sobre la puerta del armario.

Pero fue entonces cuando vi la cara de la cucaracha.

Ella estaba de frente, a la altura de mi cabeza y de mis ojos. Por un instante permanecí con la mano parada en lo alto. Después, gradualmente, la bajé.

Quizá un instante antes aún hubiese podido dejar de ver en los rasgos de la cucaracha su rostro.

Pero he aquí que por una décima de segundo me retrasé demasiado: yo veía. Mi mano, que había bajado al desistir del golpe, fue poco a poco subiendo de nuevo lentamente hasta el estómago: si bien no me había movido de lugar, el estómago había retrocedido hacia dentro de mi cuerpo. La boca se me había secado demasiado, pasé una lengua también seca por los labios ásperos.

Era un rostro sin contorno. Las antenas salían como bigotes de los lados de la boca. La boca marrón estaba bien delineada. Los finos y largos bigotes se movían lentos y secos. Sus ojos negros facetados miraban. Era una cucaracha tan vieja como un pez fósil. Era una cucaracha tan vieja como las salamandras, las quimeras, los grifos y los leviatanes. Era tan antigua como una leyenda. Miré la boca: allí había una boca real.

Nunca había visto la boca de una cucaracha. A decir verdad, ni siquiera había visto nunca una cucaracha. Solo había sentido repugnancia por su antigua y siempre presente existencia, pero nunca me había enfrentado a ello, ni siquiera con el pensamiento.

Y he aquí que descubría que, pese a parecer compacta, está formada por capas y capas pardas, finas como las de una cebolla, como si cada una pudiese ser levantada con la uña y, sin embargo, apareciese siempre otra, y otra más. Tal vez las capas fuesen las alas, pero entonces ella debía de estar hecha de capas y capas finas de alas comprimidas hasta formar aquel cuerpo compacto.

Era rubicunda. Y toda cubierta de cilios. Los cilios serían quizá las múltiples piernas. Los hilos de antena estaban ahora quietos, filamentos secos y polvorientos.

La cucaracha no tiene nariz. La miré, con aquella boca suya y sus ojos: parecía una mulata agonizante. Pero los ojos eran negros y estaban radiantes. Ojos de novia. Cada ojo en sí mismo parecía una cucaracha. El ojo, franjeado, oscuro, vivo y desempolvado. Y el otro ojo idéntico. Dos cucarachas incrustadas en la cucaracha, y cada ojo reproducía la cucaracha entera.

Cada ojo reproducía la cucaracha entera.

Perdona que te dé esto, mano que aferro, pero ¡es que no quiero esto para mí! Toma esa cucaracha, no quiero lo que he visto.

Allí estaba yo, boquiabierta, ofendida y recostada, ante el ser empolvado que me miraba. Toma lo que he visto: pues lo que he visto con una compulsión tan penosa, espantosa e inocente, lo que he visto era la vida mirándome.

Cómo llamar de otro modo a aquella cosa horrible y cruda, materia prima y plasma seco, que estaba allí, mientras yo retrocedía hacia dentro de mí con una náusea seca, yo cayendo siglos y siglos dentro de un lodo, era lodo, y ni siquiera lodo ya seco, sino lodo aún húmedo y aún vivo, era un lodo donde se revolvían con lentitud insoportable las raíces de mi identidad.

Toma, toma todo eso para ti, ¡no quiero ser una persona viva! Siento desagrado y asombro por mí, lodo grosero que brota lentamente.

Era eso, era eso entonces. Yo había mirado la cucaracha viva y en ella había descubierto la identidad de mi vida más profunda. En el derrumbamiento difícil se abrían dentro de mí vías duras y estrechas.

La miré, aquella cucaracha: la odiaba tanto que me ponía de su lado, solidaria con ella, pues no soportaría quedarme sola con mi agresión.

Y de repente, gemí con fuerza, esta vez oí mi gemido. Porque como un pus subía a mi piel mi más verdadera consistencia, y yo sentía con espanto y desagrado que «yo ser» venía de una fuente muy anterior a la humana y, con horror, mucho mayor que la humana.

Se abría en mí, con una lentitud de puertas de piedra, se abría en mí la amplia vida del silencio, la misma que estaba en el sol fijo, la misma que estaba en la cucaracha inmovilizada. ¡Y que sería la misma en mí! Si tuviese valor para abandonar… ¿Abandonar mis sentimientos? Si tuviese valor para abandonar la esperanza.

¿La esperanza de qué? Por vez primera me asustaba el sentir que había basado toda mi esperanza en llegar a ser aquello que no era. La esperanza —¿qué otro nombre darle?— que por vez primera iba a abandonar ahora, por valor y por curiosidad moral. La esperanza, en mi vida anterior, ¿la habría basado en la verdad? Con espanto infantil, yo dudaba ahora.

Para saber lo que realmente podía esperar, ¿tendría antes que pasar por mi verdad? ¿Hasta qué punto había inventado hasta ahora un destino, viviendo mientras tanto subterráneamente de otro?

Cerré los ojos, aguardando a que pasase la extrañeza, aguardando a que mi ansia no fuese ya la de aquel gemido que había oído como venido del fondo de una cisterna seca y profunda, del mismo modo que la cucaracha era un animal de cisterna seca. Yo seguía aún sintiendo, incalculablemente lejano en mí, el gemido que ya no me llegaba a la garganta.

Esto es la locura, pensé con los ojos cerrados. Pero era tan innegable sentir aquel nacimiento de dentro del polvo que no podía sino seguir aquello que bien sabía que no era locura, era, ¡Dios mío!, una verdad peor, la verdad horrible. Pero horrible, ¿por qué? Porque contradecía sin palabras todo lo que antes yo acostumbraba a pensar también sin palabras.

Aguardé a que pasase la extrañeza, a que volviese la salud. Pero reconocía, en un esfuerzo inmemorial de memoria, que ya había sentido esa extrañeza: era la misma que sentía cuando veía fuera de mí mi propia sangre, y me extrañaba. Pues la sangre que veía fuera de mí, aquella sangre me extrañaba y me atraía: era mía.

No quería volver a abrir los ojos, no quería continuar viendo. Los reglamentos y las leyes, era preciso no olvidarlos, es preciso no olvidar que sin los reglamentos y las leyes tampoco existirá un orden, era preciso no olvidarlos y defenderlos para defenderme.

Pero es que ya no podía contenerme más.

El primer vínculo había desaparecido ya involuntariamente, y yo me alejaba de la ley, aunque intuía que iba a entrar en el infierno de la materia viva. ¿Qué especie de infierno me aguardaba? Pero tenía que ir. Debía caer en la condenación de mi alma, la curiosidad me consumía.

Entonces abrí de un solo golpe los ojos y vi por entero la inmensidad sin límites de la habitación, aquella habitación que vibraba en el silencio, laboratorio de infierno.

La habitación, la habitación desconocida. Mi entrada en ella se realizaba por fin.

La entrada en esta habitación solo tenía un acceso, y este era estrecho: por la cucaracha. La cucaracha que llenaba la habitación de vibración por fin abierta, las vibraciones de sus cascabeles de serpiente en el desierto. A través del dificultoso camino, yo había llegado a la profunda grieta en la pared que era aquella habitación, y la brecha formaba como un amplio salón natural en una caverna.

Desnudo, como preparado para la entrada de una sola persona. Y quien entrase se transformaría en «ella» o en «él». Yo era aquella a quien la habitación llamaba «ella». Allí había entrado un yo al que la habitación había dado una dimensión de ella. Como si yo fuese también el otro lado del cubo, el lado que no se ve porque se está viendo de frente.

Y en mi gran dilatación, yo estaba en el desierto. ¿Cómo explicarte? Estaba en el desierto como nunca había estado. Era un desierto que me llamaba como un cántico monótono y remoto llama. Me iba seduciendo. Y avanzaba hacia esa locura promisoria. Pero mi miedo no era el de quien marchaba hacia la locura, sino hacia una verdad; mi miedo era hallar una verdad que tuviese que rechazar, una verdad infamante que me hiciese arrastrarme y estar al nivel de la cucaracha. Mis primeros contactos con las verdades siempre me habían desacreditado.

—Aferra mi mano, porque siento que estoy en marcha. Estoy de nuevo en marcha hacia la más primaria vida divina, estoy en marcha hacia un infierno de vida cruda. No me dejes ver, porque estoy a punto de ver el núcleo de la vida; y, a través de la cucaracha que incluso ahora he vuelto a ver, a través de esa muestra de tranquilo horror vivo, temo que en ese núcleo no sepa ya lo que es esperanza.

La cucaracha es pura seducción. Cilios, cilios pestañeando que llaman.

También yo, que poco a poco me estaba reduciendo a lo que en mí era irreductible, también yo tenía millares de cilios pestañeando, y con mis cilios avanzo, yo, protozoo, proteína pura. Aferra mi mano, he llegado a lo irreductible con la fatalidad de un doble; siento que todo esto es antiguo y amplio, siento en el jeroglífico de la cucaracha lenta la grafía de Extremo Oriente: yo y la cucaracha viva. La vida, amor mío, es una gran seducción donde todo lo que existe se seduce. Aquella habitación que estaba desierta y, por eso, primariamente viva. Yo había llegado a la nada, y la nada era viva y húmeda.

Yo había llegado a la nada, y la nada era viva y húmeda.

Fue entonces, fue entonces cuando lentamente, como de un tubo, fue saliendo lenta la materia de la cucaracha medio aplastada.

La materia de la cucaracha, que era su interior, la materia densa, blancuzca, lenta, salía hacia el exterior como de un tubo de pasta dentífrica.

Ante mis ojos asqueados y seducidos, lentamente la forma de la cucaracha se iba modificando a medida que se desparramaba. La materia blanca brotaba lenta sobre sus espaldas como una carga. Inmovilizada, ella sostenía sobre su costado polvoriento el peso de su propio cuerpo.

—Grita —me ordené, inmóvil—. Grita —me repetí inútilmente, con un suspiro de profunda quietud.

La gordura blanca se había inmovilizado ahora por encima de las capas. Miré hacia el techo, descansando un poco los ojos que sentía yo ahora profundos y grandes.

Pero si gritaba, aunque fuese una sola vez, quizá nunca más podría detenerme. Si gritaba, nadie podría hacer ya nada por mí; mientras que si nunca revelaba yo mi carencia, nadie se asustaría de mí y me ayudarían sin saber; pero solo en tanto que no asustase a nadie por haber infringido las normas. Pero si lo supiesen, se asustarían, nosotros que guardamos el grito en un secreto inviolable. Si lanzo el grito de alarma de que estoy viva, me arrastrarán al mutismo y a la dureza, pues ellos arrastran así a los que abandonan el mundo posible; el ser excepcional es arrastrado así, el ser que grita.

Miré hacia el techo con ojos pesados. Todo se resumía ferozmente en no dar nunca un primer grito; un primer grito desencadena todos los demás, el primer grito al nacer desencadena una vida, si yo gritase despertaría a miles de seres gritadores que iniciarían sobre los tejados un coro de gritos y horror. Si yo gritara, desencadenaría la existencia, ¿la existencia de qué? La existencia del mundo. Con respeto, yo temía la existencia del mundo para mí.

—Es que, mano que me sostienes, es que yo, en una experiencia que nunca más deseo, en una experiencia por la que me pido perdón a mí misma, estaba saliendo de mi mundo y entrando en el mundo.

Es que yo ya no me veía, veía la época. Toda una civilización que se había construido teniendo como garantía que se mezcle inmediatamente lo visto con lo sentido, toda una civilización que tiene como fundamento el salvarse; pues bien, yo estaba en sus escombros. De esa civilización solo puede salir quien tiene como función especial el salir: un sabio tiene el permiso, un sacerdote tiene el permiso. Pero no una mujer que ni siquiera tiene las garantías de un título. Y yo huía, con malestar huía.

Si supieses la soledad de estos primeros pasos míos. No se parecía a la soledad de una persona. Era como si hubiese muerto ya y diese sola mis primeros pasos en otra vida. Y era como si a esa soledad la llamasen gloria, y también sabía yo que era una gloria, y temblaba toda en esa gloria divina primaria que no solamente no comprendía, sino que rechazaba profundamente.

—Porque, ¿ves?, yo sabía que estaba entrando en la ruda y cruda gloria de la Naturaleza. Seducida, luchaba, no obstante, como podía contra las arenas movedizas que me tragaban: y cada movimiento que hacía para «¡no, no!», cada movimiento me hundía más irremediablemente; no tener fuerzas para luchar era mi única excusa.

Miré la habitación donde yo misma me había hecho prisionera, y busqué una salida; desesperadamente intentaba escapar, y había retrocedido tanto dentro de mí que mi alma se había pegado a la pared, sin poder siquiera impedirme, sin querer impedirme ya, fascinada por la certidumbre del imán que me atraía; yo retrocedía dentro de mí hasta la pared donde me incrustaba en el dibujo de mujer. Había retrocedido hasta la médula de mis huesos, mi último reducto. Donde, en la pared, yo estaba tan desnuda que no proyectaba sombra.

Y las dimensiones, las dimensiones seguían siendo las mismas, sentí que lo eran, sabía que nunca había existido más que aquella mujer en la pared, yo era ella. Y estaba toda conservada, largo y fructífero viaje.

Mi tensión se quebró de repente como un ruido que se interrumpe.

Y mi primer silencio verdadero comenzó a soplar. Lo que había visto yo de tan tranquilo, vasto y extranjero en mis fotografías oscuras y sonrientes, aquello estaba por vez primera fuera de mí y a mi entero alcance, incomprensible pero a mi alcance.

Lo que me aliviaba como de una sed, me aliviaba como si durante toda la vida hubiese yo esperado un agua tan necesaria para el cuerpo encrespado como es la cocaína para quien la implora. Por fin, el cuerpo, impregnado de silencio, se apaciguaba. El alivio procedía de que yo cabía en el dibujo mudo de la caverna.

Hasta aquel momento, no había comprendido totalmente mi lucha, tan sumergida había estado en ella. Pero ahora, por el silencio donde por fin había caído, sabía que había luchado, que había sucumbido y que estaba derrotada.

Y que, ahora sí, estaba realmente en la habitación.

Tan dentro de ella como un dibujo desde hace trescientos mil años en una caverna. Y he aquí que yo cabía dentro de mí, he aquí que estaba en mí misma grabada en la pared.

Por culpa de la cucaracha, el pasaje estrecho había sido dificultoso y me había deslizado con desagrado a través de aquel cuerpo de capas y lodo. Y había terminado, también yo toda inmunda, por desembocar a través de ella en mi pasado que era mi continuo presente y mi futuro continuo, y que hoy y siempre está en la pared, y mis quince millones de hijas, desde entonces hasta yo, también estaban allí. La vida es tan continua que nosotros la dividimos en etapas, y a una de ellas la denominamos muerte. Yo siempre había estado viva, poco importa que no yo propiamente dicha, no eso a lo que había convenido llamar yo. Siempre estuve viva.

Yo, cuerpo neutro de cucarachas, yo con una vida que finalmente no me huye, pues por fin la veo fuera de mí; yo soy la cucaracha, soy mi pierna; soy mis cabellos, soy la franja de luz más blanca en el revoco de la pared; soy cada trozo infernal de mí misma; la vida en mí es tan insistente que si me cortasen en dos, como a una lagartija, los pedazos seguirían estremeciéndose y moviéndose. Soy el silencio grabado en una pared, y la mariposa más antigua revolotea y se me enfrenta: la misma de siempre. Desde el nacer hasta el morir esto es lo que yo llamo humano en mí, y nunca moriré propiamente.

Pero esta no es la eternidad, es la condenación.

Cuán lujoso es este silencio. Tiene el cúmulo de siglos. Es un silencio de cucaracha que observa. El mundo se mira en mí. Todo mira a todo, todo vive lo otro; en este desierto las cosas conocen las cosas. Las cosas conocen tanto las cosas que a esto… a esto lo llamaré perdón, si quiero salvarme en el plano humano. Es el perdón en sí. El perdón es un atributo de la materia viva.

El perdón es un atributo de la materia viva.

—¿Ves, amor mío, ves cómo, por miedo, estoy ya organizando?, ¿ves cómo aún no consigo manipular los elementos primarios del laboratorio sin luego querer organizar la esperanza? Es que, por el momento, la metamorfosis de mí en mí misma no tiene sentido alguno. Es una metamorfosis donde pierdo todo lo que tenía, y lo que tenía era yo; solo tengo lo que soy. Y ahora, ¿qué soy? Soy: estar de pie ante un espanto. Soy: lo que he visto. No entiendo y temo entender, la materia del mundo me espanta, con sus planetas y sus cucarachas.

Yo, que antes había vivido de palabras de caridad o de orgullo o de cualquier cosa. Pero ¡qué abismo entre la palabra y lo que ella pretendía!, ¡qué abismo entre la palabra amor y el amor que no tiene siquiera sentido humano!; porque… porque el amor es la materia viva. El amor ¿es la materia viva?

¿Qué me ocurrió ayer? ¿Y ahora? Estoy confusa, ¿atravesé desiertos y desiertos, pero permanecí presa de algún detalle? Como debajo de una roca.

No, espera, espera: con alivio recuerdo que desde ayer estoy fuera de esa habitación, he salido ya, ¡estoy libre! Y aún tengo la posibilidad de recuperarme. Si lo deseo.

Pero ¿lo deseo?

Lo que he visto no es organizable. Pero si realmente lo deseo, ahora mismo, aún podré traducir lo que he conocido en términos más nuestros, en términos humanos, y aún podré dejar en la oscuridad las horas de ayer. Si aún lo deseara, podría, dentro de nuestro idioma, preguntarme de otro modo lo que me ha ocurrido.

Y si me pregunto de ese modo, aún tendré una respuesta para recuperarme. La recuperación sería saber que G. H. era una mujer que vivía bien, que vivía bien, vivía bien, vivía en el nivel superior de las arenas del mundo, y las arenas nunca se habían desmoronado bajo sus pies: la armonía era tal que, a medida que las arenas se movían, los pies se movían junto con ellas, y entonces todo era firme y compacto. G. H. vivía en el último piso de una superestructura, e, incluso construido en el aire, era un edificio sólido, ella misma en el aire, como las abejas construyen la vida en el aire. Y esto ocurría desde hacía siglos, con las variantes necesarias o casuales, y era verdad. Era verdad, al menos nada ni nadie habló, nadie dijo que no; era verdad, pues.

Pero precisamente la lenta acumulación de siglos amontonándose automáticamente era lo que, sin que nadie se diese cuenta, iba volviendo muy pesada la construcción en el aire, esa construcción iba saturándose de sí misma: se iba volviendo cada vez más compacta, en vez de volverse cada vez más frágil. El cúmulo de vivir en una superestructura se volvía cada vez más pesado para sostenerse en el aire.

Como un edificio donde, de noche, todos duermen tranquilos, sin saber que los cimientos fallan y que, en un instante no anunciado por la tranquilidad, las vigas van a ceder porque la fuerza de cohesión está lentamente disociándose un milímetro por siglo. Y entonces, cuando menos se espera, en un instante tan repetidamente común como llevarse una copa a los labios sonrientes en medio de un baile, entonces, ayer, en un día tan lleno de sol como estos días de estío, con los hombres en el trabajo y las cocinas humeando y la broca taladrando las piedras y los niños riendo y un padre luchando por impedir, pero ¿impedir qué?, ayer, sin avisar, se produjo el estrépito de lo sólido que súbitamente se vuelve quebradizo en un derrumbamiento.

En el hundimiento, toneladas cayeron sobre toneladas. Y cuando yo, G. H. hasta en las maletas, yo, una de las personas, abrí los ojos, estaba —no sobre escombros, pues hasta los escombros habían sido ya tragados por las arenas—, estaba en una planicie tranquila, kilómetros y kilómetros por debajo de lo que había sido una gran ciudad. Las cosas habían vuelto a ser lo que eran.

El mundo había recuperado su propia realidad, y, como después de una catástrofe, mi civilización había desaparecido: yo era apenas un dato histórico. Todo en mí había sido recuperado por el origen de los tiempos, y por mi propio origen. Había pasado a un primer plano primario, estaba en el silencio de los vientos y en la era de estaño y cobre: en la primera era de la vida.

Escucha, ante la cucaracha viva, el peor descubrimiento ha sido que el mundo no es humano, y que no somos humanos.

¡No, no te asustes! Ciertamente, lo que me había protegido hasta aquel momento de la vida sentimentalizada de la cual yo vivía es que lo inhumano es lo mejor de nosotros, es la cosa, la parte cosa de la gente. Solo por eso, yo, como persona falsa, no había zozobrado hasta entonces bajo la construcción sentimental y utilitaria: mis sentimientos humanos eran utilitarios, pero no me había hundido porque la parte cosa, materia de Dios, era demasiado fuerte y esperaba para recuperarme. El gran castigo neutro de la vida en general es que ella, de repente, puede socavar una vida; si no le fuese dada la fuerza de ella misma, reventaría como revienta un embalse, y se iría, pura, sin mezcla humana: puramente neutra. Ahí estaba el gran peligro: cuando esa parte neutra de cosa no impregna una vida personal, la vida se vuelve toda puramente neutra.

Pero ¿por qué exactamente se había reconstruido en mí de repente el silencio original? Como si una mujer tranquila hubiese simplemente sido llamada y tranquilamente hubiese abandonado el bordado en la silla, se hubiese levantado y, sin decir una palabra —abandonando su vida, renegando del bordado, del amor y del alma ya formada—, sin una palabra, esa mujer se hubiese puesto tranquilamente a cuatro patas y comenzado a caminar y a arrastrarse con mirada brillante y tranquila: es que la vida anterior la había reclamado y ella había respondido a la llamada.

Pero ¿por qué yo? Pero por qué yo no. Si no hubiese sido yo, nada sabría, y habiendo sido yo, supe; eso es todo. ¿Qué es lo que me había llamado: la locura o la realidad?

La vida se vengaba de mí, y la venganza consistía solo en regresar, nada más. Todo caso de locura es que algo ha regresado. Los posesos, a ellos no les posee lo que llega, sino lo que regresa. A veces, la vida regresa. Si en mí todo se quebraba con el paso de la fuerza, no es porque la función de esta fuese quebrar: ella solo necesitaba por fin pasar, pues ya se había vuelto demasiado caudalosa para contenerse a contornear; al pasar, lo cubría todo. Y después, como después de un diluvio, flotaban un armario, una persona, una ventana suelta, tres maletas. Y eso me parecía el infierno, esa destrucción de estratos y estratos arqueológicos humanos.

El infierno, porque el mundo no tenía ya sentido humano para mí, y el hombre no tenía ya sentido humano para mí. Y sin esa humanización y sin la sentimentalización del mundo, me aterro.

Sin un grito, miré la cucaracha.

Vista de cerca, la cucaracha es un objeto de gran lujo. Una novia adornada con joyas negras. Es muy rara, parece un ejemplar único. Atrapándolo por el centro del cuerpo con la puerta del armario, yo había aislado el único ejemplar. Lo que aparecía de ella era apenas la mitad del cuerpo. El resto, lo que no se veía, podía ser enorme, y se dividía a lo largo de miles de casas, detrás de las cosas y de los armarios. Yo, no obstante, no quería la parte que me había correspondido. Detrás de la superficie de las casas, ¿aquellas joyas mates andando a rastras?

Me sentía inmunda como la Biblia habla de los inmundos. ¿Por qué la Biblia se ocupó tanto de los inmundos e hizo una lista de los animales inmundos y prohibidos? ¿Por qué si, como los demás, también ellos habían sido creados? Y ¿por qué lo inmundo estaba prohibido? Yo había realizado el acto prohibido de tocar lo que es inmundo.

Yo había realizado el acto prohibido de tocar lo que es inmundo. Y tan inmunda estaba yo, en aquel mi súbito conocimiento indirecto de mí misma, que abrí la boca para pedir socorro. Ellos dicen todo, la Biblia, ellos dicen todo, pero, si comprendo lo que dicen, entonces me llamarán loca. Son personas como yo quienes lo habían dicho, y no obstante, entenderlas sería mi aniquilación.

«Mas no comeréis los que son impuros: cuales son el águila y el quebrantahuesos y el buitre». Y tampoco la lechuza, ni el cisne, ni el murciélago, ni la cigüeña, y todo género de cuervos.

Aprendía que el animal inmundo de la Biblia está prohibido porque lo inmundo es el origen, ya que hay cosas creadas que nunca han cambiado y se han conservado iguales que cuando fueron creadas, y solamente ellas han seguido siendo la raíz, lo esencial. Y porque son la raíz y no se podían comer, el fruto del bien y del mal, comer la materia viva me expulsaría de un paraíso, y me llevaría para siempre a caminar por el desierto con un cayado. Muchos fueron los que marcharon por el desierto con un cayado.

Peor, eso me llevaría a ver que el desierto también está vivo y tiene humedad, y a ver que todo está vivo y hecho de la misma materia.

Para construir un alma posible —un alma cuya cabeza no devore la propia cola—, la ley ordena que solo se utilice lo que está disimuladamente vivo. Y la ley ordena que quien coma de lo inmundo lo coma sin saberlo. Ya que quien come de lo inmundo sabiendo que es inmundo también sabrá que lo inmundo no es inmundo. ¿Es eso?

«Y todo lo que se arrastra y tiene alas será impuro, y no se comerá».

Abrí la boca, espantada: era para pedir socorro. ¿Por qué? ¿Por qué no quería volverme inmunda como la cucaracha? ¿Qué ideal me sujetaba al sentimiento de una idea? ¿Por qué no me volvería yo inmunda, exactamente como me descubría? ¿Qué temía? ¿Quedar inmunda de qué?

Quedar inmunda de alegría.

Pues ahora comprendo que aquello que había comenzado a sentir era ya la alegría, lo que aún no había reconocido ni entendido. En mi muda petición de socorro, luchaba contra una difusa alegría primera que no quería reconocer en mí porque, incluso difusa, era ya horrible: era una alegría sin redención, no sé explicarte, pero era una alegría sin esperanza.

—Ah, no retires tu mano de mí, prometo que quizá al final de este relato imposible tal vez yo entienda, oh, tal vez por el camino del infierno llegue yo a encontrar lo que necesitamos, pero no retires tu mano, incluso aunque ya sepa que encontrar tiene que ser por el camino de aquello que somos, si logro no hundirme definitivamente en aquello que somos.

¿Ves, amor mío?, estoy perdiendo el valor de hallar lo que debo hallar, estoy perdiendo el valor de ponerme en camino y estoy ya prometiéndonos que en ese infierno hallaré la esperanza.

—Tal vez no sea la esperanza antigua. Tal vez no se pueda siquiera llamar esperanza.

Yo luchaba porque no quería una alegría desconocida. Ella estaría tan prohibida para mi futura salvación como la bestia prohibida que fue denominada inmunda, y yo abría y cerraba la boca, torturada, para pedir socorro, pues entonces aún no había pensado inventar esta mano que ahora he inventado para sujetar la mía. En mi miedo de ayer estaba sola, y quería pedir socorro contra mi primera deshumanización.

La deshumanización es tan dolorosa como perder todo, como perder todo, amor mío. Yo abría y cerraba la boca para pedir socorro, pero no podía ni sabía articular palabra.

Es porque no tenía ya nada que articular. Mi angustia era como la de querer hablar antes de morir. Sabía que me estaba despidiendo para siempre de algo, algo iba a morir, y yo quería articular la palabra que al menos resumiese aquello que moría.

Finalmente conseguí al menos articular un pensamiento: «Estoy pidiendo socorro».

Entonces comprendí que no tenía razón para pedir socorro. Nada tenía que pedir.

De repente era eso. Comprendía que «pedir» era todavía los últimos restos de un mundo nombrable que cada vez se volvía más remoto. Y si yo continuaba queriendo pedir era para aferrarme a los últimos restos de mi civilización antigua, aferrarme para no ser arrastrada por lo que ahora me reivindicaba. Y a lo que —en un gozo sin esperanza— me abandonaba ya, ah, quería ya abandonarme, haber experimentado era ya el comienzo de un infierno de querer, querer, querer… Mi voluntad de querer ¿era más fuerte que mi voluntad de salvación?

Cada vez más, no tenía yo nada que pedir. Y veía, con fascinación y espanto, los trozos de mis ropas podridas de momia caer secas al suelo, y asistía a mi transformación de crisálida en larva húmeda, las alas, poco a poco, se encogían chamuscadas. Y un vientre completamente nuevo y hecho para la tierra, un vientre nuevo renacía.

Sin apartar la vista de la cucaracha, fui agachándome hasta sentir que mi cuerpo encontraba la cama y, sin apartar los ojos de la cucaracha, me senté.

Ahora la veía alzando la mirada. Ahora, inclinada sobre su cintura, ella me miraba desde arriba. Yo había atrapado, ante mí, lo inmundo del mundo, y había decantado la cosa viva. Había perdido las ideas.

Entonces, de nuevo, más de un milímetro de materia blanca brotó de su cuerpo.

Entonces, de nuevo, más de un milímetro de materia blanca brotó de su cuerpo.

Santa María, madre de Dios, os ofrezco mi vida a cambio de la no-verdad de aquel momento de ayer. La cucaracha con la materia blanca me miraba. No sé si me veía, no sé lo que ve una cucaracha. Pero ella y yo nos mirábamos, y tampoco sé lo que ve una mujer. Pero sus ojos no me veían, la existencia de ella existía en mí; en el mundo primario donde yo había entrado, los seres existen unos en los otros como modo de verse. Y en ese mundo que yo estaba conociendo, hay varios modos que significan ver: un mirar al otro sin verlo, un poseer al otro, un comer al otro, un apenas estar en un rincón y que el otro esté allí también: todo eso también significa ver. La cucaracha no me veía directamente, estaba conmigo. La cucaracha no me veía con los ojos sino con el cuerpo.

Y yo, yo veía. No había manera de no verla. No había manera de negar: mis convicciones y mis alas se chamuscaban rápidamente y no tenía ya finalidad alguna. No podía negar ya. No sé lo que no podía negar ya, pero no podía. Y no podía ya recurrir, como antes, a toda una civilización que me ayudara a negar lo que veía.

La veía entera, a la cucaracha.

La cucaracha es un ser feo y brillante. La cucaracha está al revés. No, no, ella misma no tiene ni derecho ni revés: ella es aquello. Lo que en ella está visible es lo que oculto yo en mí: de mi lado que debería estar visible he hecho mi revés oculto. Ella me miraba. Y no era un rostro. Era una máscara. Una máscara de submarinista. Aquella gema preciosa ferruginosa. Los dos ojos estaban vivos como dos ovarios. Me miraba con la fertilidad ciega de su mirar. Fertilizaba mi fertilidad muerta. ¿Estarían salados sus ojos? Si yo los tocase —ya que cada vez me volvía más inmunda gradualmente—, si los tocase con la boca, ¿los sentiría salados?

Yo había sentido ya en la boca los ojos de un hombre y, por la sal en la boca, había sabido que él lloraba.

Pero, al pensar en la sal de los ojos negros de la cucaracha, de repente retrocedí de nuevo, y mis labios secos retrocedieron hasta los dientes: ¡los reptiles que se mueven sobre la tierra! En la reverberación extática de la luz de la habitación, la cucaracha era un pequeño cocodrilo lento. La habitación seca y vibrante. Yo y la cucaracha colocadas en aquella sequedad como en la costra seca de un volcán extinguido. Aquel desierto donde yo había entrado, y también donde descubría la vida y su sal.

De nuevo la materia blanca de la cucaracha brotó quizá menos de un milímetro de su cuerpo.

Esa vez había distinguido mal el movimiento ínfimo de la materia blanca. Miraba absorta, inmóvil.

—Nunca, hasta entonces, la vida me hacía acontecido de día. Nunca a la luz del sol. Tan solo en mis noches era cuando el mundo se removía lentamente. Solo que aquello que acontecía en la oscuridad de la noche misma también acontecía al mismo tiempo en mis propias entrañas, y mi oscuridad no se diferenciaba de la del exterior, y por la mañana, al abrir los ojos, el mundo seguía siendo una superficie: la vida secreta de la noche pronto se reducía en la boca al gusto de una pesadilla que se esfuma. Pero ahora la vida estaba aconteciendo de día. Innegable y para ser contemplada. A menos que yo desviase la mirada.

Y yo aún habría podido apartar la mirada.

—Pero es que el infierno ya se había apoderado de mí, amor mío, el infierno de la curiosidad malsana. Estaba vendiendo ya mi alma humana, porque ver ya había comenzado a consumirme de placer, vendía mi futuro, vendía mi salvación, nos vendía.

«Estoy pidiendo socorro», grité entonces de repente con el mutismo de aquellas personas cuya boca se llena gradualmente de arenas movedizas, «estoy pidiendo socorro», pensé inmóvil y sentada. Pero en ningún momento se me ocurrió levantarme y marcharme, como si eso fuese ya imposible. La cucaracha y yo estábamos enterradas en un agujero.

La balanza tenía ahora un solo platillo. En ese platillo estaba mi profundo rechazo por las cucarachas. Pero ahora «rechazo por las cucarachas» eran meras palabras, y también sabía que en la hora de mi muerte tampoco yo sería traducible en palabras.

De morir, sí, yo sabía, pues morir era el futuro y es imaginable, y para imaginar siempre había tenido tiempo. Pero el instante, este instante —la inmediatez— no es imaginable, entre la actualidad y yo no hay intervalo: es ahora, en mí.

—Comprende, morir yo lo sabía de antemano y morir no se me exigía aún. Pero lo que nunca había experimentado era el encuentro con el momento llamado «ahora». Hoy me exige hoy mismo. Nunca antes había sabido que la hora de vivir tampoco tiene palabra. La hora de vivir, amor mío, estaba tan presente que yo apoyaba la boca en la materia de la vida. La hora de vivir es un ininterrumpido y lento ruido de puertas que se abren continuamente de par en par. Dos portones se abrían y nunca habían dejado de abrirse. Pero se abrían continuamente hacia... ¿hacia la nada?

La hora de vivir es tan infernalmente inexpresiva que es la nada. Aquello que yo llamaba «nada» estaba, no obstante, tan pegado a mí que era... ¿yo? Y, por tanto, se volvía invisible como yo lo era para mí misma, y se convertía en la nada. Las puertas, como siempre, seguían abriéndose.

Finalmente, amor mío, sucumbí. Y se convirtió en un ahora.

Finalmente, amor mío, sucumbí. Y se convirtió en un ahora.

Era finalmente ahora. Era simplemente ahora. Era así: para el país eran las once de la mañana. Superficialmente, como un jardín que está verde, de la más delicada superficialidad. Verde, verde, verde está un jardín. Entre mí y el verde, el agua del aire. La verde agua del aire. Veo todo a través de un vaso lleno. Nada se oye. En el resto de la casa la sombra está completamente hinchada. La superficialidad madura. Son las once de la mañana en Brasil. Es ahora. Se trata exactamente de ahora. Ahora es el tiempo hinchado hasta el límite. Las once de la mañana carecen de profundidad. Las once de la mañana están llenas de once horas hasta el borde del vaso verde. El tiempo tiembla como un globo cautivo. El aire fertilizado y jadeante. Hasta que en un himno nacional las campanadas de las once y media corten las amarras del globo. Y de repente todos nosotros llegaremos al mediodía. Que será verde como ahora.

Me acordé súbitamente del inesperado oasis verde donde por un momento me había refugiado toda entera.

Pero yo estaba en el desierto. Y no es solamente en el ápice de un oasis que es ahora: el ahora también está en el desierto, y pleno. Era lo inmediato. Por vez primera en mi vida se trataba plenamente del ahora. Esta era la mayor brutalidad que había sufrido jamás.

Pues la actualidad carece de esperanza, y la actualidad no tiene futuro: el futuro será exactamente de nuevo una actualidad.

Estaba tan asustada que aún me quedé más inmóvil dentro de mí. Pues me parecía que finalmente me iba a ver obligada a sentir.

Parece que voy a tener que renunciar a todo lo que dejo detrás de los portones. Y sé, sabía que, si cruzaba los portones que están siempre abiertos, entraría en el seno de la Naturaleza.

Sabía que entrar no es pecado. Pero es tan peligroso como morir. Así como uno muere sin saber adónde va, y esta es la mayor valentía de un cuerpo. Entrar solo era pecado porque era la condenación de mi vida, hacia la cual después quizá no pudiese volver ya. Quizá supiese ya que, más allá de los portones, no habría diferencia entre la cucaracha y yo. Ni a mis propios ojos ni a los ojos de lo que es Dios.

Fue así como fui dando los primeros pasos en la nada. Mis primeros pasos vacilantes en dirección a la Vida, y abandonando mi vida. El pie pisó en el aire y entré en el paraíso o en el infierno: en el núcleo.

Me pasé la mano por la cabeza: noté con alivio que finalmente había comenzado a sudar. Hasta un poco antes solo existía aquella sequedad cálida que nos quemaba a las dos. Ahora comenzaba a humedecerme.

¡Ah, qué cansada estoy! Mi deseo ahora sería interrumpir todo esto e insertar en este difícil relato, por pura diversión y descanso, una historia estupenda que oí un día de estos a propósito de por qué se separó una pareja. ¡Ah, conozco tantas historias interesantes! Y también podría, para descansar, hablar de tragedias. Conozco tragedias.

El sudor me aliviaba. Miré hacia arriba, hacia el techo. Con el juego de los haces de luz, el techo se había redondeado y se había transformado en lo que me parecía una bóveda. La vibración del calor era como la vibración de un oratorio cantado. Solo mi oreja sentía. Cántico de boca cerrada, sonido vibrando sordo como lo que está preso, contenido, amén, amén. Cántico de acción de gracias por el asesinato de un ser por otro ser.

Asesinato el más profundo: aquel que es un modo de relación, el modo de un ser de hacer existir a otro ser, un modo de vernos y de sernos y de tenernos, asesinato donde no hay víctima ni verdugo, sino un vínculo de ferocidad mutua. Mi lucha primaria por la vida. «Perdida en el infierno abrasador de un *canyon,* una mujer lucha desesperadamente por la vida».

Esperé a que aquel sonido mudo y preso hubiese desaparecido. Pero la amplitud dentro de la habitación pequeña aumentaba, el mudo oratorio se alargaba en vibraciones hasta la hendidura del techo. El oratorio no era plegaria: nada pedía. Las pasiones en forma de oratorio.

De repente, la cucaracha arrojó por su abertura un nuevo chorro blanco y blando.

—¡Ah! Pero a quién pido socorro, si tú también —pensé entonces en un hombre que ya había sido mío—, si tú tampoco me servirías ahora. Pues, como yo, has querido trascender la vida y así la has superado. Pero ahora no voy a poder trascender, voy a tener que saber, e iré sin ti, a quien quise pedir socorro. Reza por mí, madre mía, pues no trascender es un sacrificio, y trascender era antiguamente mi esfuerzo humano de salvación, había una utilidad inmediata en trascender. Trascender es una transgresión. Pero permanecer dentro de lo que es, ¡eso exige que no tenga miedo!

Y voy a tener que permanecer dentro de lo que es.

¿Hay algo que deba decirse, no sientes que hay algo que precisa ser sabido? Oh, aunque más tarde tenga yo que trascenderla, incluso si luego el trascender nace fatalmente de mí como el aliento de lo que está vivo.

Pero, después de lo que sé, ¿lo aceptaré como un aliento de respiración, o como un miasma? No, no como un miasma, ¡tengo piedad de mí! Quiero que el trascender se apodere fatalmente de mí, que sea como el hálito que nace de la propia boca, de la boca que existe, y no de una boca falsa abierta en un brazo o en la cabeza.

Era con alegría infernal como yo iba a morir. Comenzaba a sentir que mi paso espantoso sería irremediable, y que estaba poco a poco abandonando mi salvación humana. Sentía que mi interior, pese a la materia blanda y blanca, tenía, no obstante, fuerza para reventar mi rostro de plata y belleza, adiós belleza del mundo. Belleza que me es ahora remota y que no quiero ya —ya no puedo querer la belleza—, quizá nunca la he querido verdaderamente, pero ¡era bueno! Me acuerdo cuán bueno era el juego de la belleza, la belleza era una transmutación continua.

Pero con alivio infernal me alejo de ella. Lo que sale del vientre de la cucaracha no es trascendible; ah, no quiero decir que es lo contrario de la belleza, «contrario de la belleza», eso carece de sentido; lo que sale de la cucaracha es: «hoy», bendito sea el fruto de tu vientre; yo quiero la actualidad sin emparejarla con un futuro que la redima, ni con una esperanza; hasta ahora, lo que la esperanza quería en mí era solamente escamotear la actualidad.

Pero quiero mucho más que esto: quiero encontrar la redención en el hoy, en el ahora, en la realidad que está siendo, y no en la promesa, quiero encontrar la alegría en este instante; quiero a Dios en aquello que sale del vientre de la cucaracha, incluso si, en mis antiguos humanos, eso significa lo peor, y, en términos humanos, lo infernal.

Sí, yo quería. Pero al mismo tiempo me sujetaba el hueco del estómago con las manos: «¡No puedo!», imploré a otro hombre que tampoco él había podido ni podrá jamás. ¡No puedo! ¡No quiero saber de qué está hecha lo que hasta entonces yo había llamado «la nada»! No quiero sentir directamente en mi boca tan delicada la sal de los ojos de la cucaracha, pues, madre mía, estoy habituada a capas empapadas pero no a la simple humedad de la cosa.

Pensando en la sal de los ojos de la cucaracha, con el suspiro de quien va a verse obligado a ceder un paso más, comprendí que aún me servía de la antigua belleza humana: la sal.

Tenía que abandonar también la belleza de la sal y la belleza de las lágrimas. Tenía que abandonar también esto, pues lo que estaba a punto de ver era aún anterior a lo humano.

Pues lo que estaba a punto de ver era aún anterior a lo humano.

No, no había sal en esos ojos. Tenía la certeza de que los ojos de la cucaracha carecían de sabor. Yo me había habituado a la sal, la sal era la trascendencia que me permitía apreciar un gusto, y poder escapar a lo que yo llamaba «la nada». A la sal estaba yo habituada, me había construido toda entera en función de la sal. Pero lo que mi boca no podría entender era la ausencia de sabor. Lo que todo mi ser ignoraba era lo neutro.

Y lo neutro era esta vida que anteriormente yo llamaba la nada. La nada era el infierno.

El sol se había desplazado un poco hasta tocar mi espalda. La cucaracha seccionada también estaba al sol. No puedo hacer nada por ti, cucaracha. No quiero hacer nada.

Es que no se trataba ya de hacer algo: la mirada neutra de la cucaracha me decía que no se trataba de eso, y yo lo sabía. Solo que no soportaba permanecer simplemente sentada allí, siendo, y, por tanto, quería hacer. Hacer sería trascender, trascender es un desenlace.

Pero había llegado el momento en que ya no era esa la cuestión. Pues la cucaracha ignoraba todo acerca de la esperanza y de la piedad. Si no hubiese estado prisionera y hubiese sido más grande que yo, me habría matado con un placer neutro y aplicado. Del mismo modo que la violenta neutralidad de su existencia admitía que yo, porque no estaba presa y porque era más grande que ella, la matase. Esa era la especie de tranquila ferocidad neutra del desierto donde estábamos.

Y sus ojos eran insípidos, no salados como yo los hubiese querido: la sal sería el sentimiento, la palabra y el sabor. Yo sabía que lo neutro de la cucaracha tiene la misma carencia de sabor que su materia blanca. Sentada, yo estaba en trance de ser. Sentada, en trance de ser, sabía que solo cuando no llamase saladas o dulces a las cosas, tristes o alegres o dolorosas o incluso con los matices de mayor sutileza, solo entonces no estaría trascendiendo y permanecería en la cosa misma.

Esa cosa, cuyo nombre desconozco, era la que yo, mirando a la cucaracha, estaba ya consiguiendo llamar sin nombre. Me repugnaba el contacto con ese algo sin cualidades ni atributos, era repugnante la cosa viva sin nombre, ni sabor, ni olor. Insipidez: el sabor ahora no carecía de amargor: mi propio amargor. Por un instante, entonces, sentí una especie de excitada felicidad por todo el cuerpo, un horrible malestar feliz en el que las piernas me parecía que se hundían, como siempre que eran tocadas las raíces de mi identidad desconocida.

Ah, al menos yo había entrado ya en la naturaleza de la cucaracha hasta el punto de no querer hacer ya nada por ella. Estaba liberándome de mi moralidad, y eso era una catástrofe sin fragor y sin tragedia.

La moralidad. ¿Sería cándido pensar que el problema moral en relación con los demás consiste en actuar como se debería actuar, y que el problema moral con uno mismo es conseguir sentir lo que se debería sentir? ¿Soy moral en la medida en que hago lo que debo, y siento como debería? De repente, la cuestión moral me parecía no tanto aplastante como extremadamente mezquina. El problema moral, para que pudiésemos adaptarnos a ello, debería ser simultáneamente menos exigente y más vasto. Pues, en tanto que ideal, es a la vez pequeño e inalcanzable. Pequeño si se alcanza, inalcanzable porque jamás se alcanza. «El escándalo es todavía necesario, pero ¡ay de aquel por quien venga el escándalo!»; ¿era en el Nuevo Testamento donde se decía? La solución debía ser secreta. La ética de la moral es mantenerla en secreto. La libertad es un secreto.

No obstante, sabía yo que, incluso en secreto, la libertad no borra la culpa. Mi ínfima parte divina es mayor que mi culpa humana. El Dios es más grande que mi pecado esencial. Entonces prefiero Dios a mi pecado. No para disculparme y para huir, sino porque el pecado me envilece.

Ya no quería hacer nada por la cucaracha. Me estaba liberando de mi moralidad, aunque esto me produjese miedo, curiosidad y fascinación; y mucho miedo. No voy a hacer nada por ti, también yo ando a rastras. No quiero hacer nada por ti, pues no conozco ya el sentido del amor como antes pensaba que sabía. También de lo que pensaba acerca del amor, también de eso me estoy despidiendo, ya casi no sé qué es, ya no me acuerdo.

Quizá halle otro nombre, mucho más cruel al principio, y mucho más él mismo. O quizá no lo halle. ¿Amor es cuando no se da nombre a la identidad de las cosas?

Pero ahora sé algo horrible: sé lo que es necesitar, necesitar, necesitar. Y es una necesidad nueva, en un plano que solo puedo llamar neutro y terrible. Es una necesidad sin ninguna piedad por mi necesidad y sin piedad por la necesidad de la cucaracha. Estaba yo sentada, inmóvil, sudando, exactamente como ahora, y veo que hay algo más grave y más fatal y más esencial que todo lo que yo acostumbraba llamar con nombres. Yo, que llamaba amor a mi esperanza de amor.

Pero ahora, es en esta actualidad neutra de la Naturaleza y de la cucaracha y del sonido vivo de mi cuerpo como quiero conocer el amor. Y quiero saber si la esperanza era un compromiso con lo imposible. O bien si era una puesta al día de lo que es posible ya, y que no conozco ni tengo por causa del miedo. Quiero el tiempo presente que no tiene promesas, que es, que está siendo. Este es el núcleo de lo que quiero y temo. Este es el núcleo que jamás quise.

La cucaracha me tocaba toda con su mirada negra, facetada, brillante y neutra.

Y yo comenzaba a dejar que me tocase. En verdad, había luchado toda mi vida contra el profundo deseo de dejarme tocar, y había luchado porque no había podido permitirme la muerte de aquello que yo llamaba mi bondad; la muerte de la bondad humana. Pero ahora no quería luchar más contra ello. Tenía que existir una bondad tan distinta que no se pareciera a la bondad. No quería luchar más.

Con repugnancia, con desesperación, con valor, cedía. Se había hecho demasiado tarde, y ahora quería.

¿Solamente en ese instante preciso quería? No, de otro modo habría salido de la habitación mucho antes, o simplemente mal habría visto la cucaracha, ¿cuántas veces antes había encontrado cucarachas y me había desviado por otros caminos? Yo cedía, pero con miedo y desgarramiento.

¡Pensé que si el teléfono sonase, habría de responder y aún me salvaría! Pero, como un recuerdo de un mundo desaparecido, me acordé de que había desconectado el teléfono. Si no fuese así, sonaría, yo huiría de la habitación para responder a la llamada y nunca más, ¡oh!, nunca más regresaría.

—Me acordé de ti, cuando había besado tu rostro de hombre, lentamente, sin prisa había besado, y cuando llegó el momento de besar tus ojos, me acordé de que entonces había notado la sal en mi boca, y que la sal de las lágrimas en tus ojos era mi amor por ti. Pero lo que más me había unido en sobresalto de amor fue, en el fondo del fondo de la sal, tu sustancia insípida e inocente e infantil: en mi beso tu vida más profundamente insípida me era dada, y besar tu rostro era insípido y laborioso trabajo paciente de amor, era la mujer tejiendo un hombre, tal como tú me habías tejido, neutro artesanado de vida.

Neutro artesanado de vida.

Al recordar ese día en que había besado el residuo insípido que hay en la sal de lágrimas, la extrañeza de la habitación se volvió reconocible, como materia ya vivida. Si hasta entonces no había sido reconocida, era porque solo había sido insípidamente vivida por mi más profunda sangre insípida. Yo reconocía la familiaridad de todo. Las figuras en la pared las reconocía con un nuevo modo de mirar. Y también reconocía la vigilancia de la cucaracha. La vigilancia de la cucaracha era viva viviendo, mi propia vida vigilante viviéndose.

Palpé los bolsillos de mi bata, encontré un cigarrillo y fósforos, lo encendí.

Al sol la masa blanca de la cucaracha se estaba volviendo más seca y ligeramente amarillenta. Eso me indicaba que había transcurrido más tiempo del que había imaginado. Una nube cubrió el sol por un instante, y de repente vi la misma habitación sin sol.

No oscura, sino solamente sin luz. Entonces comprendí que la habitación existía por sí misma, que ella no era el calor del sol, que podía también ser fría y tranquila como la luna. Al imaginar su posible noche de luna, respiré profundamente como si entrase en un azud tranquilo. No obstante, sabía que la luna fría tampoco sería la habitación. La habitación existía en sí misma. Era la gran monotonía de una eternidad que respira. Eso me amedrentaba. El mundo dejaría de amedrentarme solo si yo me convirtiese en el mundo. Si yo fuese el mundo, no tendría miedo. Si la gente es el mundo, la gente se mueve por un delicado radar que sirve de guía.

Cuando pasó la nube, el sol volvió a la habitación aún más claro y blanco.

De vez en cuando, durante un leve instante, la cucaracha movía las antenas. Sus ojos continuaban mirándome monótonamente, dos ovarios neutros y fértiles. En ellos reconocía yo mis dos anónimos ovarios neutros. ¡Y no quería, ah, cómo no quería yo!

Había desconectado el teléfono, pero podrían quizá tocar el timbre de la puerta, ¡y quedaría yo libre! ¡La blusa!, que yo había comprado, ellos habían dicho que la mandarían, ¡y entonces tocarían el timbre!

No, no tocarían. Me vería obligada a continuar el reconocer. Y reconocía en la cucaracha lo insípido de aquella vez en que había estado embarazada.

—Me acordé de mí misma andando por las calles al saber que abortaría, doctor, yo que del hijo solo conocía y solo conocería el abortar. Pero al menos estaba conociendo el embarazo. Por las calles sentía dentro de mí al hijo que aún no se movía, mientras me detenía para mirar en los escaparates los maniquíes de cera sonrientes. Y cuando entré en el restaurante y comí, los poros de un hijo devoraban como una boca de pez al acecho. Cuando caminaba, cuando caminaba le llevaba.

»Durante las interminables horas en que vagué por las calles reflexionando sobre el aborto, que no obstante ya había decidido con usted, doctor, durante esas horas mis ojos también debían de ser insípidos. En la calle yo no era más que miles de cilios de protozoo neutro batiendo, conocía ya en mí misma el mirar brillante de una cucaracha que fue atrapada por la cintura. Caminaba por las calles, con los labios resecos, y vivir, doctor, era para mí el polo opuesto de un crimen. Embarazo: había sido lanzada en el alegre horror de la vida neutra que vive y se mueve.

»Y mientras miraba los escaparates, doctor, con mis labios tan resecos como los de quien no respira por la nariz, mientras contemplaba los maniquíes inmóviles y sonrientes, estaba llena de plancton neutro, y abría la boca, sofocada e inmóvil, bien se lo dije a usted: "Lo que más me incomoda, doctor, es que respiro con dificultad". El plancton me daba mi color, el río Tapajós es verde porque su plancton es verde.

Cuando hubo llegado la noche, yo seguía reflexionando sobre el aborto ya decidido, acostada en la cama con mis miles de ojos facetados espiando la oscuridad, con los labios ennegrecidos de respirar, sin pensar, sin pensar, reflexionando, reflexionando: en aquellas noches toda yo me ennegrecía lentamente de mi propio plancton, tal como amarilleaba la materia de la cucaracha, y mi gradual ennegrecimiento marcaba el tiempo que transcurría. Y todo esto ¿sería amor por el hijo?

Si lo era, entonces amor es mucho más que amor: el amor antecede al amor: es plancton luchando, y la gran neutralidad viva luchando. Como la vida en la cucaracha atrapada por la cintura.

El miedo que siempre he tenido del silencio con el que la vida se hace. Miedo de lo neutro. Lo neutro era mi raíz más profunda y más viva; yo miré la cucaracha y sabía. Hasta el momento en que vi la cucaracha, siempre había dado un nombre a lo que estaba viviendo, para poder salvarme. Para escapar de lo neutro, había abandonado hacía mucho tiempo el ser por la persona, por la máscara humana. Al humanizarme, me había librado del desierto.

Me había librado del desierto, sí, ¡pero también lo había perdido! Y había perdido asimismo los bosques, y había perdido el aire, y había perdido el embrión dentro de mí.

Sin embargo, hela ahí, la cucaracha neutra, sin nombre de dolor o de amor. Su única diferenciación de vida era que debía ser macho o hembra. Yo solo la había imaginado como hembra, pues lo que está ceñido por la cintura es hembra.

Apagué la colilla del cigarrillo que me quemaba ya los dedos, lo apagué en el suelo, minuciosamente, con mi zapatilla, y crucé mis piernas sudorosas, nunca había pensado que las piernas pudiesen sudar tanto. Nosotras dos, las enterradas vivas. Si tuviese valor, enjugaría el sudor de la cucaracha.

¿Sentía ella en sí misma algo equivalente a lo que mi mirada veía en ella? ¿Hasta qué punto se aprovechaba de sí misma y de lo que era? Al menos de algún modo indirecto, ¿sabía que caminaba arrastrándose? ¿O arrastrarse es algo que la gente misma no sabe que está haciendo? ¿Qué sabía yo de aquello que obviamente veían en mí? ¿Cómo sabría si andaba o no con el vientre apoyado en el polvo del suelo? La verdad ¿carece de testigos? ¿Ser es no saber? Si la persona no mira y no ve, ¿incluso así la verdad existe? La verdad que no se transmite ni a quien ve. ¿Este es el secreto de ser una persona?

Si quisiera, incluso ahora, una vez transcurrido todo, aún puedo impedirme haber visto. Y entonces nunca sabré la verdad por la que estoy intentando pasar nuevamente; ¡aún depende de mí!

Yo miraba la habitación seca y blanca, donde solo veía arenas y arenas de desmoronamiento, unas cubriendo las otras. El minarete donde me hallaba era de oro macizo. Yo estaba en el macizo oro que no acoge. Y necesita ser acogida. Tenía miedo.

—Madre: maté una vida, y no hay brazos que me acojan ahora y en la hora de nuestro desierto, amén. Madre, todo ahora se volvió de oro macizo. Interrumpí una cosa organizada, madre, y eso es peor que matar, eso me hace entrar por una brecha que me mostró, peor que la muerte, que me mostró la vida grosera y neutra amarilleando. La cucaracha está viva, y el ojo de ella es fertilizante, tengo miedo de enronquecer, madre.

Es que mi ronquera de muda ya era una ronquera de quien está gozando de un infierno dulce.

La ronquera de quien está gozando de su placer. El infierno me era dulce, gozaba de aquella sangre blanca que vertía. La cucaracha es verdadera, madre. No es ya una idea de cucaracha.

—Madre, yo solo quise matar, pero mira lo que rompí solamente: ¡rompí un envoltorio! Matar también está prohibido porque se rompe el envoltorio duro y solo queda la vida pastosa. De dentro del envoltorio está saliendo un corazón grueso y blanco y vivo como pus, madre, bendita seas entre las cucarachas, ahora y en la hora de esta tu muerte mía, cucaracha y joya.

Como si el haber pronunciado la palabra «madre» hubiese liberado en mí una parte gruesa y blanca, la vibración intensa del oratorio se detuvo repentinamente, y el minarete enmudeció. Y, como después de una profunda crisis de vómito, sentí mi cabeza aliviada, despejada y fría. Ni siquiera el miedo ya, ni siquiera el espanto ya.

Ni siquiera el miedo ya, ni siquiera el espanto ya.

¿Habría yo vomitado mis últimos restos humanos? Y no pedía ya socorro. El desierto diurno estaba ante mí. Y ahora el oratorio recomenzaba, pero de otro modo, ahora el oratorio era el sonido sordo del calor reflejándose en paredes y techos, en la redonda bóveda. El oratorio estaba hecho de los estremecimientos de la canícula. Y también mi miedo era ahora diferente: no el miedo de quien aún va a entrar, sino el miedo mucho mayor de quien ya entró.

Mucho mayor: era miedo de mi carencia de miedo.

Pues fue con temeridad como miré entonces a la cucaracha. Y vi: era un animal sin belleza para las demás especies. Al contemplarla, he aquí que el antiguo miedo pequeño volvió solo por un instante: «Lo juro, ¡haré todo lo que quieran ustedes! Pero no me dejen encerrada en la habitación de la cucaracha porque algo tremendo va a ocurrirme, ¡no quiero a las demás especies! Solo quiero a las personas».

Pero, ante mi leve retroceso, el oratorio se intensificó más aún, y entonces me quedé inmóvil, sin intentar ya hacer un movimiento que me ayudara. Me había abandonado ya a mí misma, casi podía ver allí, en el comienzo del camino ya recorrido, el cuerpo que había abandonado. Pero por momentos yo aún lo llamaba, aún me llamaba. Y como no oía ya mi respuesta, sabía que me había abandonado, que se hallaba fuera de mi alcance.

Sí, la cucaracha era un animal sin belleza para las demás especies. La boca: si tuviese dientes, serían dientes grandes, cuadrados y amarillos. Cómo odio la luz del sol que todo lo revela, revela hasta lo posible. Con una punta de la bata me enjugué la cabeza, sin apartar la mirada de la cucaracha, y mis propios ojos también tenían las mismas pestañas. Pero los tuyos nadie los toca, inmunda. Solo otra cucaracha querría a esta cucaracha.

Y a mí, ¿quién me querría hoy? ¿Quién está ya tan mudo como yo? ¿Quién, como yo, llamaba al miedo amor? ¿Al querer, amor? ¿Al necesitar, amor? ¿Quién, como yo, sabía que nunca había cambiado de forma desde el tiempo en que me habían dibujado en la roca de una caverna? Y al lado de un hombre y de un cachorro.

En adelante podría llamar a cualquier cosa por el nombre que inventase: en la habitación seca se podía hacer, pues cualquier nombre serviría, ya que ninguno serviría. Dentro de los sonidos secos de bóveda todo podía ser llamado cualquier cosa, porque cualquier cosa se transmutaría en el mismo mutismo vibrante. La naturaleza mucho mayor de la cucaracha hacía que cualquier cosa, al entrar allí —nombre o persona—, perdiese la falsa trascendencia. Tanto que yo veía únicamente y con precisión el vómito blanco de su cuerpo: solo veía hechos y cosas. Sabía que estaba en lo irreductible, pese a que ignorase qué era lo irreductible.

Pero también sabía que la ignorancia de la ley de lo irreductible no me excusaba. No podría ya excusarme alegando que no conocía la ley, pues conocerse y conocer el mundo es la ley que, aunque inalcanzable, no puede infringirse, y nadie puede excusarse diciendo que no lo conoce. Peor: la cucaracha y yo no estábamos ante una ley a la que debíamos obediencia: nosotras éramos la propia ley ignorada a la que obedecíamos. El pecado renovadamente original es este: tengo que cumplir mi ley que ignoro, y, si no cumpliese mi ignorancia, estaría cometiendo el pecado original contra la vida.

En el jardín del Paraíso, ¿quién era el monstruo y quién no lo era? Entre las casas y los apartamentos, y en los espacios elevados entre los edificios altos, en ese jardín colgante, ¿quién es y quién no es? ¿Hasta qué punto voy a soportar no saber al menos lo que me mira? La cucaracha cruda me mira, y su ley ve la mía. Yo sentía que iba a saber.

—No me abandones en esta hora, no me dejes tomar sola esta decisión ya adoptada. Tuve, sí, tuve aún el deseo de refugiarme en mi propia fragilidad y en el argumento astuto, no obstante verdadero, de que mis hombros eran los de una mujer, flacos y finos. Siempre que lo había necesitado, me había excusado con el argumento de ser mujer. Pero yo bien sabía que no es solo la mujer quien teme ver, cualquiera teme ver lo que es Dios.

Yo temía el rostro de Dios, tenía miedo de mi desnudez final en la pared. La belleza, aquella nueva ausencia de belleza que nada tenía de aquello que yo antes acostumbraba llamar belleza, me horrorizaba.

—Dame tu mano. Porque no sé ya de qué estoy hablando. Siento que he inventado todo, ¡nada de eso existió! Pero, si he inventado lo que me aconteció ayer, ¿quién me garantiza que no he inventado toda mi vida anterior a ayer?

Dame tu mano.

Dame tu mano.

Voy ahora a contarte cómo he entrado en lo inexpresiva que siempre ha sido mi búsqueda ciega y secreta. Cómo he entrado en aquello que existe entre el número uno y el número dos, cómo he visto la línea de misterio y fuego, y que es una línea subrepticia. Entre dos notas musicales existe una nota, entre dos hechos existe un hecho, entre dos granos de arena, por cercanos que estén uno del otro, existe un intervalo de espacio, existe un sentir que está entre el sentir; en los intersticios de materia primordial está la línea de misterio y fuego que es la respiración del mundo, y la respiración continua del mundo es aquello que oímos y denominamos silencio.

No era utilizando como instrumento ninguno de mis atributos como estaba yo en trance de alcanzar el misterioso fuego tranquilo de aquello que es un plasma; fue exactamente despojándome de todos los atributos, y continuando con mis entrañas vivas solamente. Para llegar a eso, abandonaba mi organización humana; para entrar en esa cosa monstruosa que es mi neutralidad viva.

—Lo sé, es desagradable sujetar mi mano. Es desagradable permanecer sin aire en esa mina hundida donde te llevé sin piedad por ti, pero por piedad por mí. Mas juro que te sacaré vivo aún de ahí, aunque mienta, aunque niegue lo que mis ojos han visto. Te salvaré de este terror donde, por el momento, te necesito. Qué piedad siento ahora por ti, a quien me aferré. Me diste inocentemente la mano, y porque yo la sujetaba he tenido el valor de profundizar. Mas no intentes comprenderme, hazme solamente compañía. Sé que tu mano me soltaría si supiese.

¿Cómo recompensarte? Al menos, úsame también tú, úsame al menos como túnel oscuro, y cuando atravieses mi oscuridad te encontrarás del otro lado contigo. No te encontrarás quizá conmigo, no sé si yo pasaré, sino contigo. Al menos no estás solo, como yo lo estaba ayer, y ayer yo solo rezaba para poder al menos salir viva del interior. Y no solamente viva —como aquella cucaracha primariamente monstruosa—, sino organizadamente viva como una persona.

La identidad —la identidad que es la primera inherencia—, ¿era eso a lo que yo cedía? ¿Era en eso donde yo había entrado?

La identidad me está prohibida, lo sé. Mas voy a arriesgarme porque confío en mi cobardía futura, y será mi cobardía esencial lo que me reorganizará de nuevo como persona.

No solamente a través de mi cobardía. Pero me reorganizaré a través del ritual con que ya nací, tal como en lo neutro del semen está inherente el ritual de la vida. La identidad me está prohibida, pero mi amor es tan grande que no resistiré a mi deseo de penetrar en el tejido misterioso, en ese plasma de donde quizá nunca más pueda salir. Mi creencia, no obstante, también es tan profunda que, si no pudiese salir, incluso en mi nueva irrealidad el plasma del Dios estaría en mi vida.

Ah, mas al mismo tiempo, ¿cómo puedo desear que mi corazón vea? Si mi cuerpo es tan débil que no puedo mirar el sol sin que mis ojos físicamente lloren, ¿cómo podría impedir que mi corazón resplandeciese en lágrimas físicamente orgánicas si en la desnudez sintiese yo la identidad: el Dios? Mi corazón que se protegió con mil capas.

La gran realidad neutra de lo que estaba viviendo me superaba en su extrema objetividad. Me sentía incapaz de ser tan real como la realidad que se apoderaba de mí; ¿estaría comenzando, por contorsiones, a ser tan desnudamente real como lo que veía? No obstante, toda esa realidad la vivía yo con un sentimiento de irrealidad de la realidad. ¿Estaría viviendo, no la verdad, sino el mito de la verdad? Cada vez que he vivido la verdad ha sido a través de una impresión de sueño ineluctable: el sueño ineluctable es mi verdad.

Estoy intentando decirte cómo llegué a lo neutro y a lo inexpresivo de mí. No sé si entiendo lo que digo, estoy sintiendo; y desconfío mucho del sentir, pues no es más que uno de los modos de ser. Sin embargo, atravesaré el calor sofocante estupefacto que se hincha de nada, y tendré que comprender lo neutro con el sentir.

Lo neutro. Estoy hablando del elemento vital que une las cosas. Oh, no temo que no comprendas, sino que yo me comprenda mal. Si no logro comprenderme, moriré de aquello de lo que, sin embargo, vivo. Déjame ahora decirte lo más espantoso:

Me sentía arrebatada por lo demoniaco.

Pues lo inexpresivo es diabólico. Si la persona no está comprometida con la esperanza, vive lo demoniaco. Si la persona tiene el valor de abandonar los sentimientos, descubre la amplia vida de un silencio extremadamente atareado, el mismo que existe en la cucaracha, el mismo que existe en los astros, el mismo que existe en sí mismo; lo demoniaco es *anterior* a lo humano. Y si la persona ve esa actualidad, se quema como si viese a Dios. La vida prehumana divina es de una actualidad que abrasa.

La vida prehumana divina es de una actualidad que abrasa.

Te diré: es que temía una cierta alegría ciega y ya feroz que comenzaba a apoderarse de mí. Y a perderme.

La alegría de perderse es una alegría de *sabbat*. Perderse es un peligroso hallarse. Yo experimentaba en aquel desierto el fuego de las cosas: y era un fuego neutro. Vivía de la textura de la que las cosas están hechas. Y era un infierno, aquel, porque en aquel mundo donde yo vivía no existe piedad ni esperanza.

Había entrado en la orgía del *sabbat*. Ahora sé lo que se hace en la oscuridad de las montañas en las noches de orgía. ¡Sé! Sé con horror: se gozan las cosas. Se goza la cosa de la que están hechas las cosas; esta es la alegría bárbara de la magia negra. De ese neutro he vivido; lo neutro era mi verdadero caldo de cultivo. Yo iba avanzando, y sentía la alegría del infierno.

¡Y el infierno no es la tortura del dolor! Es la tortura de una alegría.

Lo neutro es inexplicable y está vivo, intenta comprenderme: tal como el protoplasma y el semen y la proteína son de un neutro vivo. Y yo estaba completamente nueva, como una recién iniciada. Era como si antes hubiese estado con el gusto viciado por sal y azúcar, y con el alma viciada por alegrías y dolores; y nunca hubiese sentido el sabor primero. Y ahora sentía el sabor de la nada. Rápidamente me purificaba, y el sabor era nuevo como el de la leche materna, que solo tiene sabor para la boca del niño. Con el desmoronamiento de mi civilización y de mi humanidad —lo que era para mí un sufrimiento de gran nostalgia—, con la pérdida de la humanidad, yo pasaba orgiásticamente a sentir el sabor de la identidad de las cosas.

Es muy difícil de sentir. Hasta entonces, había estado tan deformada por la sentimentación, que, al experimentar el sabor de la identidad real, esta parecía tan insípida como el sabor que tiene en la boca una gota de lluvia. Es horriblemente insípido, amor mío.

Amor mío, es como el más insípido néctar; es como el aire que, en sí mismo, no tiene olor. Hasta entonces, mis sentidos viciados habían estado mudos para el sabor de las cosas. Pero mi más arcaica y demoniaca de las sedes me había llevado subterráneamente a destruir todas las construcciones. La sed pecaminosa me guiaba; y ahora sé que sentir el sabor de esa casi nada es la alegría secreta de los dioses. Es una nada que es Dios, y que no tiene sabor.

Pero es la alegría más primordial. Y solo esta, ¡por fin!, ¡por fin! Es el polo opuesto del sentimiento-humano-cristiano. Por el polo de la más primordial alegría demoniaca, yo distinguía remotamente y por vez primera que existía realmente un polo opuesto.

Estaba limpia de mi propia intoxicación de sentimientos, limpia hasta el punto de entrar en la vida divina que era una vida primaria enteramente desprovista de encanto, vida tan primaria como si fuese un maná caído del cielo y que a nada sabe: el maná es como una lluvia y no tiene sabor. Sentir ese sabor de la nada era mi condenación y mi alegre terror.

Oh, mi amor desconocido, acuérdate de que yo estaba allí atrapada en la mina hundida, y que para entonces la habitación había ya adquirido una familiaridad inexpresable, igual a la familiaridad verídica del sueño. Y, como del sueño, lo que no te puedo reproducir es el color esencial de su atmósfera. Como en el sueño, la «lógica» era otra, carente de sentido cuando uno se despierta, pues la verdad mayor del sueño se pierde.

Pero recuerda que todo esto acontecía estando yo despierta e inmovilizada por la luz del día, y la verdad de un sueño estaba sucediendo sin la anestesia de la noche. Duerme conmigo despierto, pues solo así conocerás mi gran sueño y sabrás lo que es el desierto vivo.

De repente, sentada allí, un cansancio totalmente endurecido y sin ninguna lasitud se apoderó de mí. Un poco más y habría quedado petrificada.

Entonces, con cuidado, como si ya tuviese en mí partes paralizadas, me fui dejando caer en el colchón áspero y allí, completamente crispada, me adormecí tan inmediatamente como una cucaracha se adormece en la pared vertical. No había estabilidad humana en mi sueño: era el poder de equilibrio de una cucaracha que se adormece en la superficie de cal de una pared.

Cuando desperté, la habitación tenía un sol aún más blanco y más ardientemente inmóvil. Viniendo de aquel sueño, en

cuya superficie sin profundidad mis cortas patas se habían afe-
rrado, me estremecí ahora de frío.

Luego, no obstante, el frío desapareció, y nuevamente, en
pleno interior del ardor del sol, sentí que me ahogaba confinada.

Debía de ser más de mediodía. Me levanté antes incluso de
decidirlo, y, aunque inútilmente, intenté abrir aún más la ventana ya abierta de par en par, y procuré respirar, aunque fuese
respirar una vastedad visual; buscaba una inmensidad.

Buscaba una inmensidad.

De aquella habitación excavada en la roca de un edificio, desde la ventana de mi minarete, contemplé hasta donde alcanza la vista la enorme extensión de tejados y tejados tranquilamente quemándose al sol. Los edificios de apartamentos como aldeas acurrucadas. En tamaño superaba a España.

Más allá de las gargantas rocosas, entre los cimientos de los edificios, vi las chabolas sobre el otero y una cabra subiendo lentamente por la colina. Pero más allá se extendían las altiplanicies del Asia Menor. Desde allí contemplaba yo el imperio del presente. Aquel era el estrecho de los Dardanelos. Aún más allá había crestas escarpadas. Tu majestuosa monotonía. Al sol tu amplitud imperial.

Y más allá todavía, el comienzo de las arenas. El desierto pelado y ardiente. Cuando cayese la noche, el frío consumiría el desierto, y uno temblaría en él como en las noches del desierto. Más lejos, el lago salado y azul centelleaba. Por aquel lado debía entonces de hallarse la región de los grandes lagos salados.

Bajo las olas trémulas de la canícula, la monotonía. A través de las otras ventanas de los apartamentos y en las terrazas de cemento, veía un vaivén de sombras y personas, como de los primeros mercaderes asirios. Estos luchaban por la posesión del Asia Menor.

Tal vez había desenterrado el futuro, o tal vez había llegado a antiguas profundidades tan remotamente futuras que mis manos, que las habían desenterrado, no podían sospecharlo. Allí estaba yo, en pie, como una niña pequeña vestida de fraile, niña somnolienta. Pero niña inquisidora. Desde lo alto de este edificio, el presente contempla el presente. Lo mismo que en el segundo milenio antes de Cristo.

Y yo, ahora yo, no era ya una niña inquisidora. Había crecido, y me había vuelto tan simple como una reina. Reyes, esfinges y leones, he ahí la ciudad donde vivo, y todo está extinguido. Permanecí, presa por una de las piedras que cayeron. Y, como el silencio creyó que mi inmovilidad era la de una muerta, todos se olvidaron de mí, se fueron sin sacarme, y, considerada muerta, me quedé asistiendo. Y vi, pese a que el silencio de los que realmente habían muerto me iba invadiendo como la yedra invade la boca de los leones de piedra.

Y porque yo misma estaba entonces segura de que terminaría muriendo de inanición bajo la piedra derrumbada que sujetaba mis miembros, entonces vi como quien nunca va a contarlo. Vi, con el desapego de quien no va a contárselo ni a sí mismo. Veía, como quien jamás necesitará entender lo que ha visto. Como la naturaleza de una lagartija ve: sin tener después siquiera que recordar. La lagartija ve, como un ojo suelto ve.

Yo era quizá la primera persona que ponía los pies en aquel castillo en el aire. Hace tal vez cinco millones de años, el último troglodita había mirado desde este mismo lugar, donde antaño debía de haber existido una montaña. Y que después, erosionada, se había convertido en un lugar vacío donde después nuevamente se habían erigido las ciudades que, a su vez, habían desaparecido. Hoy día el llano está ampliamente poblado por diversas razas.

De pie ante la ventana, mis ojos descansaban por momentos en el lago azul que quizá no fuese más que un trozo de cielo. Pero me cansaba enseguida, pues el azul estaba hecho de mucha intensidad de luz. Mis ojos ofuscados iban entonces a descansar en el desierto pelado y ardiente, que al menos no tenía la dureza de un color. Pasados tres milenios, el petróleo oculto brotaría de aquellas arenas: el presente abría enormes perspectivas para un nuevo presente.

Entretanto, hoy, yo vivía en silencio de aquello que, pasados tres milenios, después de erosionado y nuevamente erigido, sería de nuevo escaleras, grúas, hombres y construcciones. Estaba viviendo la prehistoria de un futuro. Como una mujer que nunca tuvo hijos pero los tendrá una vez transcurridos tres milenios, yo vivía ya hoy del petróleo que pasados tres milenios iba a brotar.

Si al menos hubiese entrado en la habitación al atardecer —hoy por la noche aún sería luna llena, pensé al acordarme de la fiesta en la terraza la noche anterior—, vería la luna llena aparecer sobre el desierto.

«Ah, quiero regresar a casa», me dije de repente, pues la luna húmeda me había producido nostalgia de mi vida.

Pero desde aquella plataforma no conseguía ningún momento de oscuridad y luna. Solo la hoguera, solo el viento errante. Y para mí ninguna cantimplora de agua, ninguna vasija con comida.

Mas ¿quién sabe?, en menos de un año, haría un descubrimiento tal que nadie, ni yo misma, habría osado esperar. ¿Un cáliz de oro?

Pues yo estaba buscando el tesoro de mi ciudad.

Una ciudad de oro y de piedra. Río de Janeiro, cuyos habitantes al sol eran seiscientos mil mendigos. El tesoro de la ciudad podría estar en una de las hendiduras del cascajo. Pero ¿en cuál de ellas? Aquella ciudad estaba necesitando un trabajo de cartografía.

Alzando los ojos cada vez más lejos, por elevaciones siempre más escarpadas, ante mí yacían gigantescos bloques de edificios que formaban un dibujo pesado, aún no indicado en mapa alguno. Continué mirando, buscaba en la colina los restos de alguna muralla fortificada. Al alcanzar la cima del otero, dejé que la mirada vagase por el panorama. Mentalmente tracé un círculo en torno a las semirruinas de las chabolas, y supe que allí pudo haber existido antaño una ciudad tan grande y límpida como Atenas en su apogeo, con niños que corrían entre mercancías expuestas en las calles.

Mi método de visión era totalmente imparcial: trabajaba directamente con las evidencias visuales, y sin permitir que sugestiones ajenas a la visión predeterminasen mis conclusiones; estaba enteramente preparada para sorprenderme a mí misma.

Incluso aunque las evidencias viniesen a contradecir todo lo que ya estaba asentado en mí por mi tranquilísimo delirio.

Sé —por mi propio y único testimonio— que al inicio de este trabajo mío de investigación no tenía la menor idea del tipo de lenguaje que me sería revelado poco a poco hasta que pudiese un día llegar a Constantinopla. Mas ya estaba preparada para soportar en la habitación la estación cálida y húmeda de nuestro clima, y con ella cobras, escorpiones, tarántulas y miríadas de mosquitos que surgen cuando se derrumba una ciudad. Y sabía que muchas veces, en mi trabajo al aire libre, tendría que compartir mi lecho con el ganado.

Entretanto, el sol me abrasaba en la ventana. Solamente hoy el sol me había alcanzado plenamente. Mas también era verdad que solo cuando el sol me alcanzaba, yo misma, por estar de pie, sería una fuente de sombra, donde guardaría frescos los odres de mi agua.

Iba a necesitar una perforadora de doce metros, camellos, cabras y carneros, un hilo conductor; y necesitaría usar directamente la inmensidad propiamente dicha, porque sería imposible reproducir, por ejemplo, en un simple acuario, la riqueza de oxígeno hallado en la superficie de los océanos.

Para mantener sin desmayo mi ánimo de trabajo, procuraría no olvidar que los geólogos saben ya que en el subsuelo del Sáhara hay un inmenso lago de agua potable, recuerdo que leí eso; y que en el mismo Sáhara los arqueólogos han desenterrado restos de utensilios domésticos y de antiguas colonizaciones: hace siete mil años, había leído yo, en aquella «región del miedo» se había desarrollado una agricultura próspera. El desierto tiene una humedad que es preciso encontrar nuevamente.

¿Cómo debería trabajar? Para sujetar las dunas, tendría que plantar dos millones de árboles verdes, sobre todo eucaliptos:

siempre antes de dormir acostumbro a leer cualquier cosa, y he leído mucho sobre las cualidades del eucalipto.

Y no olvidar, al comenzar el trabajo, estar preparada para equivocarme. No olvidar que el error muchas veces se había convertido en mi camino. Siempre que no resultaba cierto lo que pensaba o sentía, entonces se producía una brecha y, si antes hubiese tenido valor, ya habría entrado por ella. Mas siempre sentí miedo del delirio y del error. Mi error, no obstante, debía de ser el camino de una verdad: pues únicamente cuando me equivoco salgo de lo que conozco y entiendo. Si la «verdad» fuese aquello que puedo entender, terminaría siendo tan solo una verdad pequeña, de mi tamaño.

La verdad tiene que estar exactamente en lo que jamás podré comprender. Y, más tarde, ¿sería capaz de comprenderme ulteriormente? No sé. El hombre del futuro ¿nos entenderá como somos hoy? Distraídamente, con alguna ternura distraída, acariciará nuestra cabeza como nosotros hacemos con el perro que se nos acerca y nos mira desde dentro de su oscuridad, con ojos mudos y afligidos. Él, el hombre futuro, nos acariciaría, comprendiéndonos remotamente, como yo remotamente después iba a entenderme, bajo la memoria de la memoria de la memoria ya perdida de un tiempo de dolor, no sabiendo que nuestro tiempo de dolor iba a pasar del mismo modo que el niño pequeño no es un niño estático, sino un ser que crece.

Bien, además de sujetar las dunas con eucaliptos, tenía que recordar, si fuese necesario, que el arroz prospera en terreno salobre, cuyo alto contenido en sal ayuda a reducir; de eso también me acordaba por las lecturas nocturnas, que yo, a propósito, procuraba que fuesen impersonales para que me ayudasen a dormir.

¿Y qué instrumentos me eran más necesarios para excavar? Piquetas, ciento cincuenta palas, molinetes, aunque yo no supiese lo que era realmente un molinete, vagones pesados con ejes de acero, una forja portátil, amén de clavos y bramantes. En cuanto a mi hambre, para mi hambre contaría con los dátiles de diez millones de palmeras, además de cacahuetes y aceitunas. Y debía saber, de antemano, que a la hora de rezar desde mi minarete solo podría rezar para las arenas.

Pero para las arenas yo probablemente había estado preparada desde mi nacimiento: sabría cómo rezarlas, para eso no precisaría adiestramiento como las *macumbeiras,** que no rezan para las cosas sino que rezan las cosas. Preparada siempre lo había estado, tan adiestrada como lo fuera por el miedo.

Recordé lo que estaba grabado en mi memoria, y hasta aquel momento inútilmente: que árabes y nómadas llaman al Sáhara *El Khela*, la nada, *Tanesruft*, el país del miedo, *Tiniri*, la tierra más allá de las regiones de pastoreo.

Para rezar las arenas, yo, como ellas, ya había sido preparada por el miedo.

Nuevamente envuelta por el excesivo calor, busqué los grandes lagos azules, donde sumergí mi mirada reseca. Lagos o manchas luminosas del cielo. Los lagos no eran ni feos ni bellos. Y era solamente eso lo que aún aterraba a mi lado humano. Intenté pensar en el Mar Negro, intenté pensar en los per-

* Sacerdotisas del rito macumba, cercano al vudú, practicado en Brasil. *(N. del T.)*

sas descendiendo por los desfiladeros, mas tampoco en todo eso encontré ni belleza ni fealdad, solo las infinitas sucesiones de siglos del mundo.

Lo cual, de repente, me resultó insoportable.

Y me volví de improviso hacia el interior de la habitación que, en su ardor, al menos no estaba poblado.

Me volví de improviso hacia el interior de la habitación que, en su ardor, al menos no estaba poblado.

No, en todo eso ni había estado enloquecida ni fuera de mí. Se trataba solamente de una meditación visual. El peligro de meditar es, sin quererlo, comenzar a pensar, y pensar no es ya meditar, pensar dirige hacia un objetivo. Lo menos peligroso es, en la meditación, «ver» lo que prescinde de palabras de pensamiento. Sé que existe ahora un microscopio electrónico que muestra la imagen de un objeto ciento sesenta mil veces mayor que su tamaño natural, pero no llamaré alucinatoria a la visión que se tiene a través de ese microscopio, incluso aunque no se reconozca ya el pequeño objeto que el microscopio aumentó de tamaño monstruosamente.

¿Y si me hubiese engañado en mi meditación visual?

Absolutamente probable. Mas también en mis visiones puramente ópticas, de una silla o de un jarrón, soy víctima del error: mi testimonio visual de un jarrón o de una silla es erróneo en varios puntos. El error es uno de mis modos fatales de trabajo.

Me senté nuevamente en la cama. Mas ahora, mirando la cucaracha, sabía ya mucho más.

Mirándola, veía la inmensidad del desierto de Libia, en las proximidades de Elschele. La cucaracha que allí me había precedido milenios antes, y también había precedido a los dinosaurios. Ante la cucaracha, yo era capaz de ver en la lejanía Damasco, la ciudad más vieja del planeta. ¿En el desierto de Libia, cucarachas y cocodrilos? Durante todo el tiempo no quise pensar en lo que realmente había pensado: que la cucaracha era comestible como una langosta, la cucaracha era un crustáceo.

Y me repugna el arrastrarse de los cocodrilos porque no soy un cocodrilo. Tengo horror al silencio lleno de escamas estratificadas del cocodrilo.

Pero el asco me es necesario, como la polución de las aguas es necesaria para la procreación de lo que habita en ellas. El asco me guía y me fecunda. A través del asco, veo una noche en Galilea. La noche en Galilea es como si en la oscuridad caminase la extensión del desierto. La cucaracha es una extensión oscura que camina.

Estaba viviendo ya el infierno por el que aún iba a pasar, pero no sabía si sería solamente pasar o si me quedaría ahí. Sabía ya que ese infierno es horrible y es bueno, tal vez yo misma quisiese quedarme en él. Pues yo veía la vida profunda y antigua de la cucaracha. Estaba contemplando un silencio que tiene la profundidad de un abrazo. El sol está tanto en el desierto de Libia cuanto está cálido en él mismo. Y la tierra es el sol, ¿cómo es que no he visto antes que la tierra es el sol?

Y entonces va a acontecer —en una roca peluda y seca del

desierto de Libia—, va a acontecer el amor de dos cucarachas. Ahora sé cómo es eso. Una cucaracha espera. Veo su silencio de cosa parda. Y ahora, ahora estoy viendo otra cucaracha que avanza lentamente y con dificultad por las arenas en dirección al peñasco. Sobre este, que el diluvio ha secado ya hace milenios, dos cucarachas secas. Una es el silencio de la otra. Los asesinos que se encuentran: el mundo es extremadamente recíproco. La vibración de un chillido penetrante totalmente mudo en el peñasco; y nosotros, que llegamos a hoy, aún vibramos con ello.

—Me prometo para un día este mismo silencio, nos prometo lo que he aprendido ahora. Solo que para nosotros tendrá que ser de noche, pues somos seres húmedos y salados, somos seres de agua marina y de lágrimas. Será también con los ojos totalmente abiertos de las cucarachas, salvo que será de noche, pues soy animal de grandes profundidades húmedas, no conozco el polvillo de las cisternas secas, y la superficie de un peñasco no es mi hogar.

Somos criaturas que necesitan zambullirse en las profundidades para respirar allí, como el pez se zambulle en el agua para respirar, solo que mis profundidades están en el aire de la noche. La noche es nuestro estado latente. Es tan húmeda que nacen plantas. En las casas, las luces se apagan para que se oigan más nítidamente los grillos, y para que los saltamontes anden sobre las hojas casi sin tocarlas, las hojas, las hojas, las hojas; en la noche, la ansiedad suave se transmite a través del vacío del aire, el vacío es un medio de transporte.

Sí, para nosotros no será el amor del desierto diurno: somos los que nadan, el aire de la noche está encharcado y azucarado, y nosotros somos salados, pues sudar es nuestra emanación. Hace mucho tiempo me dibujaron contigo en una caverna, y contigo nadé sus profundidades oscuras hasta hoy, nadé con mis cilios innumerables; yo era el petróleo que solo hoy día ha brotado, cuando una negra africana me dibujó en mi casa, haciéndome brotar de una pared. Sonámbula como el petróleo que por fin brota.

—Juro que así es el amor. Lo sé solo porque he estado sentada allí y lo he aprendido. Solamente a la luz de la cucaracha he sabido que todo lo que nosotros dos tuvimos antes era ya amor. Fue preciso que la cucaracha me doliese tanto como si me arrancasen las uñas; y entonces no soporté más la tortura y confesé, estoy confesando. No soporté más y estoy confesando que ya sabía una verdad que nunca tuvo utilidad ni aplicación, y que yo temería aplicar, pues no soy lo bastante adulta para saber usar una verdad sin destruirme.

Si tú pudieses saber a través de mí, sin necesitar antes ser torturado, sin tener antes que ser partido en dos por la puerta de un armario, sin que antes sean quebradas tus envolturas de miedo que con el tiempo se fueron secando y transformando en envolturas de piedra, tal como las mías tuvieron que ser quebradas bajo la fuerza de una tenaza para que yo llegase a lo tierno neutro de mí, si tú pudieses saber a través de mí…, entonces aprende de mí, que tuve que permanecer totalmente expuesta y perder todas mis maletas con sus iniciales grabadas.

—Adivíname, adivíname porque hace frío, perder las envolturas de langosta da frío. Caliéntame con tu adivinación de mí, compréndeme, porque yo no me comprendo. Estoy solamente amando la cucaracha. Y es un amor infernal.

Mas tienes miedo, sé que siempre has tenido miedo del ritual. Pero cuando se ha sido torturada hasta llegar a ser un núcleo, entonces se pasa demoniacamente a querer servir al ritual, incluso aunque el ritual sea el acto de consumación propia; del mismo modo que para tener incienso, el único medio es el de quemar incienso. Escucha, porque estoy tan seria como una cucaracha que tiene cilios. Escucha:

Cuando una persona es el propio núcleo, no tiene ya divergencias. Es entonces la solemnidad de sí misma, y no tiene ya miedo de consumirse al servir al ritual consumidor; el ritual es el propio procesarse de la vida del núcleo, el ritual no es exterior a ello: el ritual es inherente. La cucaracha tiene su ritual en su célula. El ritual, créeme porque pienso que estoy aprendiendo, el ritual es la marca de Dios. Y todos los niños nacen ya con el mismo ritual.

—Sé: nosotros dos siempre hemos tenido miedo de mi solemnidad y de tu solemnidad. Pensábamos que era una solemnidad de forma. Y siempre hemos ocultado lo que sabíamos: que vivir es siempre cuestión de vida y muerte, de ahí la solemnidad. Sabíamos también, aunque sin el don de la gracia de saberlo, que somos la vida que está en nosotros, y que nosotros nos servimos. El único destino con que nacemos es el del ritual. Yo llamaba a la «máscara» mentira, y no lo era: era la máscara esencial de la solemnidad. Tendríamos que ponernos máscaras de ritual para amarnos. Los escarabajos nacen ya con una máscara con la que se realizarán. Por el pecado original, hemos perdido nuestra máscara.

Escucha: la cucaracha era un escarabajo. Toda ella era solamente su propia máscara. A través de la profunda ausencia de risa de la cucaracha, distinguía yo su ferocidad de guerrero. Ella era mansa pero su función era feroz.

Soy mansa pero mi función de vivir es feroz. Ah, el amor prehumano me invade. ¡Comprendo, comprendo! La forma de vivir es un secreto tan oculto que es el arrastrarse silencioso de un secreto. Es un secreto en el desierto. Y ciertamente yo lo sabía ya. Pues, a la luz del amor de dos cucarachas, veo el recuerdo de un amor verdadero que yo tuve una vez y que ignoraba haber tenido; pues amor era entonces lo que yo entendía de una palabra. Pero hay algo que es preciso decir, es preciso decir.

Pero hay algo que es preciso decir, es preciso decir.

—Voy a decirte lo que nunca te dije antes, quizá sea eso lo que se echa en falta: haber dicho. Si no lo dije, no fue por avaricia de decir, ni por mi mutismo de cucaracha que tiene más ojos que boca. Si no lo dije es porque no sabía que sabía; pero ahora sé. Voy a decirte que te amo. Sé que te dije eso antes, y que también era verdad cuando te lo dije, pero es que solo ahora estoy realmente diciéndolo. Necesito decir antes de que yo… Oh ¡pero es la cucaracha quien va a morir, no yo! No preciso esta carta de condenado en una celda…

—No, no quiero asustarte con mi amor. Si te asustases conmigo, me asustaría contigo. No temas el dolor. Tengo ahora tanta certeza como la certeza de que en aquella habitación yo estaba viva y la cucaracha estaba viva: tengo la certeza de esto: de que todo sucede por encima o por debajo del dolor. El dolor no es el nombre verdadero de eso que la gente denomina dolor. Escucha: estoy segura de ello.

Pues, ahora que había dejado de debatirme, sabía tranquilamente que aquello era una cucaracha, que dolor no era dolor.

Ah, si hubiese sabido lo que iba a ocurrir en la habitación, habría llevado más cigarrillos: me consumía de ganas de fumar.

—Ah, si pudiese transmitirte el recuerdo, solo ahora vivo, de lo que nosotros dos ya hemos vivido sin saberlo. ¿Quieres recordar conmigo? Oh, sé que es difícil: mas vayamos hacia nosotros. En vez de superarnos. No tengas miedo ahora, estás a salvo porque al menos ya ha sucedido, a no ser que veas peligro en saber que sucedió.

Es que, cuando nos amábamos, yo no sabía que el amor acontecía mucho más exactamente cuando no existía lo que llamábamos amor. Lo neutro del amor, era eso lo que nosotros vivíamos y despreciábamos.

Estoy hablando de cuando nada acontecía, y a ese no acontecer lo llamábamos intervalo. Pero ¿cómo era ese intervalo?

Era la enorme flor abriéndose, toda hinchada de sí misma, mi visión toda grande y trémula. Lo que miraba se coagulaba luego en mi mirar y se volvía mío, mas no un coágulo permanente: si lo apretaba entre mis manos, como un poco de sangre coagulada, se licuaba de nuevo entre mis dedos.

Me acuerdo de mis dolores de garganta de entonces: las amígdalas inflamadas, la coagulación en mí era rápida. Y fácilmente se licuaba: se me ha pasado el dolor de garganta, te decía yo. Como glaciares en verano, y licuados los ríos fluyen. Cada palabra nuestra —en el tiempo que denominábamos vacío—, cada palabra era tan leve y estaba tan vacía como una mariposa: la palabra volteaba desde dentro contra la boca, las palabras se decían, pero no las escuchábamos porque los glaciares licuados producían mucho estrépito al fluir. En medio del fragor líquido, nuestras bocas se mecían diciendo, y en la verdad solo veíamos las bocas moviéndose pero no las oíamos; mirábamos uno hacia la boca del otro, viéndola hablar, y poco importaba que no escuchásemos, oh, en nombre de Dios, poco importaba.

Y en nombre nuestro, bastaba ver que la boca hablaba, y reíamos porque apenas prestábamos atención. Y no obstante, llamábamos a ese no escuchar desinterés y falta de amor.

Pero en verdad ¡cómo decíamos! Expresábamos la nada. Y sin embargo, todo centelleaba como cuando lágrimas gruesas no se desprenden de los ojos; por eso, todo centelleaba.

En esos intervalos pensábamos que estábamos descansando uno de ser el otro. En verdad era el gran placer de no ser el otro: pues así cada uno de nosotros tenía dos. Todo terminaría cuando acabase lo que denominábamos intervalo de amor; y porque iba a terminar, pesaba tembloroso con el propio peso de su fin ya en sí. Me acuerdo de todo eso como a través de un temblor de agua.

Ah, ¿será que nosotros originariamente no éramos humanos? ¿Y que, por necesidad práctica, nos volvimos humanos? Eso me horroriza, como a ti. Pues la cucaracha me miraba con su caparazón de escarabajo, con su cuerpo reventado hecho de tubos y antenas y blando cemento; y aquello era innegablemente una verdad anterior a nuestras palabras, aquello era innegablemente la vida que hasta entonces yo no había querido.

—Entonces... entonces, por la puerta de la condenación comí la vida y fui comida por ella. Comprendía yo que mi reino es de este mundo. Y esto lo entendía por la parte del infierno que hay en mí. Pues en mí misma me he visto cómo es el infierno.

Pues en mí misma me he visto cómo es el infierno.

El infierno es la boca que muerde y come la carne viva sanguinolenta, y quien es comido grita con el regocijo en la mirada: el infierno es el dolor como gozo de la materia, y con la risa del gozo las lágrimas brotan de dolor. Y la lágrima que viene de la risa de dolor es lo contrario de la redención. Yo veía la inexorabilidad de la cucaracha con su máscara de ritual. Veía que el infierno era eso: la aceptación cruel del dolor, la solemne falta de piedad por el propio destino, amar más el ritual de vida que a uno mismo; ese era el infierno, donde quien comía el rostro vivo del otro se revolcaba en la alegría del dolor.

Por vez primera sentía yo con voracidad infernal el deseo de los hijos que nunca había tenido: quería que mi orgánica infernalidad llena de placer se hubiese reproducido, no en tres o cuatro hijos, sino en veinte mil. Mi supervivencia futura en los hijos es lo que sería mi verdadera actualidad, que es, no solamente yo, sino mi gozosa especie sin interrumpirse nunca. No haber tenido hijos me dejaba espasmódica como ante un vicio negado.

Aquella cucaracha había tenido hijos y yo no: la cucaracha podía morir aplastada, pero yo estaba condenada a no morir jamás, pues si muriese, aunque fuese una sola vez, yo moriría. Y no quería morir, sino permanecer perpetuamente muriendo como gozo de dolor supremo. Estaba en el infierno traspasada de placer como un zumbido sordo de los nervios del placer.

Y todo eso —¡oh, horror mío!—, todo eso ocurría en el amplio seno de la indiferencia... Todo eso perdiéndose a sí mismo en un destino en espiral, y este no se pierde a sí mismo. En ese destino infinito, hecho solamente de cruel actualidad, yo, como una larva —en mi más profunda inhumanidad, pues lo que hasta entonces se me había escapado era mi real inhumanidad—, yo y nosotros como larvas nos devoramos en carne blanda.

¡Y no hay castigo! He ahí el infierno: no hay castigo. Pues en el infierno gozamos del regocijo supremo de lo que sería el castigo, del castigo hacemos, en este desierto, más un éxtasis de risa con lágrimas, del castigo hacemos en el infierno una esperanza de gozo. ¿Era este entonces el otro lado de la humanización y de la esperanza?

En el infierno, esa fe demoniaca de la que no soy responsable. Y que es la fe en la vida orgiástica. La orgía del infierno es la apoteosis de lo neutro. La alegría del *sabbat* es la alegría de perderse en lo atonal.

Lo que aún me asustaba era que hasta el mismo horror no punible iba a ser generosamente reabsorbido por el abismo del tiempo interminable, por el abismo de las alturas interminables, por el profundo abismo de Dios: absorbido por el seno de una indiferencia.

Tan distinta de la indiferencia humana. Pues aquella era una indiferencia-interesada, una indiferencia que se cumple. Era una indiferencia extremadamente enérgica. Y todo en silencio, en aquel infierno mío. Pues las risas forman parte del volumen del silencio, solo en el ojo centelleaba el placer-indiferente, mas la risa estaba en la sangre misma y no se oye.

Y todo esto es en este mismo instante, es en el ahora. Mas, al mismo tiempo, el instante actual es del todo remoto por causa del tamaño-grandeza de Dios. Por causa del enorme tamaño perpetuo es por lo que, incluso lo que ya existe, es remoto: en el mismo instante en que se quiebra en el armario la cucaracha, también ella es remota respecto al seno de la gran indiferencia-interesada que la reabsorbe impunemente. La grandiosa indiferencia, ¿era esto lo que existía dentro de mí?

La grandeza infernal de la vida: pues ni mi cuerpo me delimita; la misericordia hace que mi cuerpo no me delimite. En el infierno, el cuerpo no me delimita, ¿y a eso llamo alma? Vivir la vida que no es ya la de mi cuerpo, ¿a esto llamo alma impersonal?

Y mi alma impersonal me quema. La grandiosa indiferencia de un astro es el alma de la cucaracha, el astro es la propia demasía del cuerpo de la cucaracha. La cucaracha y yo aspiramos a una paz que no puede ser nuestra; es una paz más allá del tamaño y del destino, suyo y mío. Y porque mi alma es tan ilimitada que ya no es yo, y porque está tan allende de mí, siempre estoy lejos de mí misma, me soy inalcanzable como me es inalcanzable un astro. Me contorsiono para conseguir alcanzar el tiempo actual que me rodea, pero sigo lejana en relación con este mismo instante. El futuro, ¡ay de mí!, me es más cercano que el instante presente.

La cucaracha y yo somos infernalmente libres porque nuestra materia viva es mayor que nosotras, somos infernalmente libres porque mi propia vida es tan poco encajable dentro de mi cuerpo que no consigo utilizarla. Mi vida es más utilizada por la tierra que por mí, soy tanto mayor que aquello que yo llamaba «yo» que solo poseyendo la vida del mundo me poseería a mí misma. Sería necesaria una horda de cucarachas para formar un punto ligeramente sensible en el mundo; no obstante, una sola cucaracha, solo por su atención-vida, esa única cucaracha es el mundo.

La parte más inalcanzable de mi alma y que no me pertenece es aquella que limita con mi frontera de lo que ya no es yo y a la cual me doy. Toda mi ansia ha sido esta proximidad infranqueable y excesivamente próxima. Soy más aquello que no está en mí.

Y he aquí que la mano que yo aferraba me ha abandonado. No, no. Soy yo quien soltó la mano porque ahora tengo que ir sola.

Si consigo regresar del reino de la vida volveré a tomar tu mano y la besaré agradecida por haberme esperado, por haber esperado a que mi camino pasase, y a que yo volviese delgada, famélica y humilde: con hambre solo de poco, con hambre solo de menos.

Porque, allí sentada y quieta, había pasado a querer vivir mi propio alejamiento como único modo de vivir mi actualidad. Y eso, en apariencia inocente, eso era nuevamente un placer que se parecía a un gozo horrendo y cósmico.

Para revivirlo, suelto tu mano.

Porque en ese gozar no había piedad. Piedad es ser hijo de alguien o de algo, pero ser el mundo es la crueldad. Las cucarachas se roen y se matan y se penetran en la procreación y se comen en un eterno verano crepuscular; el infierno es un verano hirviente y crepuscular. La actualidad no ve la cucaracha, el tiempo presente la mira desde tan gran distancia que desde las alturas no la distingue, y solamente ve un desierto silencioso; el tiempo presente no sospecha siquiera, en el desierto desnudo, la orgiástica fiesta de gitanos.

Donde, reducidos a pequeños chacales, nos comemos riendo. Riendo de dolor, y libres. El misterio del destino humano es que somos fatales, mas tenemos la libertad de cumplir o no nuestro hado: de nosotros depende realizar nuestro destino fatal. Mientras que los seres no humanos, como la cucaracha, realizan su propio ciclo completo, sin errar jamás porque no eligen. Mas de mí depende el llegar libremente a ser lo que fatalmente soy. Soy dueña de mi fatalidad y, si decidiese no cumplirla, quedaría fuera de mi naturaleza específicamente viva. Mas si realizo mi núcleo neutro y vivo, entonces, dentro de mi propia especie, estaré siendo específicamente humana.

—Pero es que volverse humano puede transformarse en el ideal, y ahogarse bajo redundancias… Ser humano no debería ser un ideal para el hombre que es fatalmente humano, ser humano debe ser el modo como yo, cosa viva, obedeciendo libremente el camino de lo que está vivo, soy humana. Y no necesito siquiera cuidar de mi alma, ella cuidará fatalmente de mí, y no tengo que hacer un alma para mí misma: solo tengo que elegir vivir. Somos libres, y este es el infierno. Pero hay tantas cucarachas que parece una plegaria.

Mi reino es de este mundo… y mi reino no era solamente humano. Yo sabía. Pero saber eso extendería la vida-muerte, y un hijo en mi vientre estaría amenazado por la voracidad de la propia vida-muerte, y sin que una palabra cristiana tuviese un sentido… Pero es que hay tantos hijos en el vientre que parece una plegaria.

En aquel momento aún no había entendido que el primer esbozo de lo que sería una plegaria estaba ya naciendo del infierno feliz donde yo había entrado, y de donde no quería ya salir.

De aquel país de ratas, tarántulas y cucarachas, amor mío, donde el gozo fluye en gruesas gotas de sangre.

Solo la misericordia de Dios podría sacarme de la terrible alegría indiferente en que me bañaba yo, toda entera.

Pues yo exultaba. Conocía la violencia de la oscuridad alegre; yo era feliz como el demonio, el infierno es mi máximo.

El infierno es mi máximo.

Me hallaba en el seno mismo de una indiferencia inmóvil y alerta. Y en el seno de un indiferente amor, de un indiferente sueño despierto, de un dolor indiferente. De un Dios del que, si yo le amaba, no comprendía lo que quería de mí. Sé que Él quería que yo fuese su igual, y que me igualase a Él por un amor del que yo no era capaz.

Por un amor tan grande que sería a la vez personal y tan indiferente; como si yo no fuese una persona. Él quería que yo fuese con Él el mundo. Quería mi divinidad humana, y eso había comenzado por un despojamiento inicial de lo humano construido.

Y yo había dado el primer paso: pues al menos sabía ya que ser humano es una sensibilización, un orgasmo de la Naturaleza. Es que, solo por una anomalía de la Naturaleza, en vez de ser el Dios como los otros seres Le son, en vez de serLe, queríamos verLe, y lo conseguiríamos si fuésemos tan grandes como Él. Una cucaracha es mayor que yo porque su vida se entrega tanto a Él que ella viene del infinito y va hacia el infinito sin saberlo, jamás es discontinua.

Había dado el primer gran paso. Pero ¿qué me había ocurrido?

Había caído en la tentación de ver, en la tentación de saber y de sentir. Mi grandeza, a la búsqueda de la grandeza de Dios me había llevado a la grandeza del infierno. No conseguía entender Su organización sino a través del espasmo de una exultación demoniaca. La curiosidad me había expulsado de la comodidad; y yo encontraba al Dios indiferente que es todo bondad porque no es ni ruin ni bueno, me hallaba en el seno de una materia que es la explosión indiferente de sí misma. La vida tenía la fuerza de una indiferencia titánica. Una titánica indiferencia interesada en caminar. Y yo, que había querido caminar con ella, había quedado atrapada por el placer que me volvía solamente infernal.

La tentación del placer. La tentación es comer directamente en el origen. La tentación es comer directamente en la ley. Y el castigo es no querer ya dejar de comer, y comerse a sí mismo, pues soy materia igualmente comestible. Y yo buscaba la condenación como una alegría. Buscaba lo más orgiástico de mí misma. Nunca descansaría ya: había robado el caballo de caza de un rey de la alegría. ¡Ahora yo era peor que yo misma!

Nunca más descansaré: robé el caballo de caza del rey del *sabbat*. Si me duermo un instante, el eco de un relincho me despierta. Y es inútil no ir. En la oscuridad de la noche, su resuello me despierta. Finjo que duermo, pero en el silencio el corcel respira. Nada dice pero respira, espera y respira. Todos los días será lo mismo: ya al atardecer comienzo a ponerme melancólica y pensativa. Sé que el primer tambor en la montaña traerá la noche, sé que el tercero me habrá ya envuelto en su estrépito.

Y al quinto tambor estaré ya inconsciente en mi codicia. Hasta que de madrugada, con los últimos tambores levísimos, me encontraré sin saber cómo junto a un arroyo, sin saber jamás lo que hice, al lado de la enorme y fatigada cabeza del caballo.

Cansada, ¿de qué? ¿Qué hicimos, los que trotamos en el infierno de la alegría? Hace dos siglos que no voy. La última vez que descendí de la silla adornada, era tan grande mi tristeza humana que juré que nunca más iría. El trote, no obstante, continúa en mí. Converso, arreglo la casa, sonrío, pero sé que el trote está en mí. Siento su falta como quien muere. No puedo ya dejar de ir.

Y sé que de noche, cuando él me llame, iré. Quiero que una vez más el caballo conduzca mi pensamiento. Con él aprendí. Si es pensamiento esta hora entre ladridos. Los canes ladran, comienzo a entristecerme porque sé, con la mirada ya resplandeciente, que iré. Cuando de noche él me llama hacia el infierno, acudo. Desciendo como un gato por los tejados. Nadie sabe, nadie ve. Me presento en la oscuridad, muda y fulgurante. Detrás de nosotros corren cincuenta y tres flautas. Delante de nosotros, un clarinete nos alumbra. Y nada más me es dado saber.

De madrugada nos veremos exhaustos junto al arroyo, sin saber qué crímenes hemos cometido hasta llegar la madrugada. En mi boca y en sus patas, la marca de la sangre. ¿Qué hemos inmolado? De madrugada estaré en pie al lado del corcel mudo, con los primeros signos de una Iglesia deslizándose por el arroyo, con el resto de las flautas deslizándose aún de los cabellos.

La noche es mi vida, anochece, la noche feliz es mi vida triste; roba, róbame el corcel porque de robo en robo hasta la madrugada yo ya he robado, y he tenido un presentimiento: roba deprisa el corcel mientras hay tiempo, antes de que anochezca, si es que aún hay tiempo, pues al robar el corcel tuve que matar al Rey, y al asesinarle robé la muerte del Rey. Y la alegría del asesinato me consume de placer.

Me estaba comiendo a mí misma, que también soy materia viva del *sabbat*.

Me estaba comiendo a mí misma, que también soy materia viva del *sabbat*.

¿No sería esta, aunque mucho más que esta, la tentación que sufrían los santos? Y de donde aquel que sería o no santo salía o no santificado. De esta tentación en el desierto, yo, lega, no santa, sucumbiría o saldría de ella por vez primera como ser vivo.

—Escucha, existe algo que se llama santidad humana, y que no es la de los santos. Temo que ni siquiera el Dios comprenda que la santidad humana es más peligrosa que la santidad divina, que la santidad de los laicos es más dolorosa. Sin embargo, el Cristo mismo sabía que, si con Él habían hecho lo que hicieron, a nosotros nos harían mucho más, pues Él había dicho: «Si se hizo esto con la rama verde, ¿qué no se hará con las secas?».

Prueba. Ahora entiendo lo que es prueba. Prueba significa que la vida me está probando. Pero prueba significa que también yo estoy probando. Y probar puede transformarse en una sed cada vez más insaciable. Espérame: voy a sacarte del infierno adonde descendí. Escucha, escucha:

Pues del gozo sin remisión nacía ya en mí un sollozo que más parecía alegría. No era un sollozo de dolor, nunca lo había escuchado antes: era el de mi vida rompiéndose para procrearme. En aquellas arenas del desierto comenzaba a ser de una delicadeza de primera ofrenda tímida, como la de una flor. ¿Qué ofrecía yo? ¿Qué podía ofrecer de mí, yo, que me iba convirtiendo en desierto, yo, que lo había pedido y logrado?

Ofrecía el sollozo. Lloraba por fin dentro de mi infierno. Las alas incluso de la negrura las uso y las sudo, y las usaba y sudaba para mí; que eres Tú, tú, fulgor del silencio. Yo no soy Tú, sino que yo eres Tú. Solo por eso jamás podré sentirTe directamente: porque eres yo.

Oh, Dios, comenzaba a entender con enorme sorpresa que mi orgía infernal era el martirio humano mismo.

¿Cómo habría podido adivinarlo? Si no sabía que era posible reír en el sufrimiento. Es que no sabía que se sufría así. Entonces había llamado alegría a mi más profundo sufrimiento.

Y en el sollozo, el Dios vino a mí, el Dios me ocupaba ahora por entero. Yo ofrecía mi infierno a Dios. El primer sollozo había hecho —de mi terrible placer y de mi fiesta— un dolor nuevo: que ahora era tan leve y estaba tan desamparado como la flor de mi propio desierto. Las lágrimas que ahora brotaban eran como lágrimas de amor. El Dios, a quien nunca podría entender sino como Le entendí: partiéndome como una flor que al nacer soporta mal erguirse y parece quebrarse.

Pero ahora que sabía que mi alegría había sido el sufrimiento, me preguntaba si no estaría huyendo hacia un Dios para no soportar mi humanidad. Pues necesitaba a alguien que no fuese mezquino como yo, alguien que fuese mucho más grande que yo, hasta el punto de aceptar mi desgracia sin intentar siquiera la piedad y el consuelo, ¡alguien que fuese, que fuese! Y no, como yo, una acusadora de la Naturaleza, no como yo, una asombrada por la fuerza de mis propios odios y amores.

En este instante, ahora, una duda me asalta. Dios, o cualquiera que sea Tu nombre: solo pido ahora una ayuda: pero que ahora me ayudes no secretamente como me eres, sino esta vez claramente y en campo abierto.

Pues necesito saber exactamente esto: ¿siento lo que siento o siento lo que querría sentir? ¿O siento lo que necesitaría sentir?

Porque no quiero ya siquiera la concreción de un ideal, quiero ser solamente una semilla. Aunque después de esa semilla nazcan de nuevo los ideales, los verdaderos, que abren un camino, o los falsos, que son superfluos. ¿Estaría yo sintiendo lo que desearía sentir? Pues la diferencia de un milímetro es enorme, y este espacio de un milímetro puede salvarme por la verdad o nuevamente hacerme perder todo lo que he visto. Es peligroso. Los hombres elogian mucho lo que sienten, lo que es tan peligroso como detestar lo que se siente.

Yo había ofrecido mi infierno al Dios. Y mi crueldad, amor mío, mi crueldad había dejado repentinamente de existir. Y de repente aquel mismo desierto era el boceto todavía vago de lo que se había llamado paraíso. La humedad de un paraíso. No otra cosa, sino aquel mismo desierto. Y yo estaba sorprendida como se ve sorprendido uno por una luz que viene de la nada.

¿Entendía yo que aquello que había experimentado, aquel núcleo de rapacidad infernal, era lo que se llama amor? Pero ¿amor neutro?

Amor neutro. Lo neutro soplaba. Iba a alcanzar lo que había buscado toda la vida: aquello que es la identidad más última y que yo había denominado inexpresivo. Eso era lo que siempre había estado en mis ojos en la fotografía: una alegría inexpresiva, un placer que no sabe que es placer, un placer demasiado delicado para mi gruesa humanidad que siempre había estado hecha de conceptos toscos.

—He hecho tal esfuerzo para hablarme de un infierno que no tengo palabras. Ahora, ¿cómo hablaré de un amor que no tiene sino aquello que se siente, y ante lo cual la palabra «amor» es un objeto polvoriento?

El infierno por el que yo había pasado —¿cómo decirte?— había sido el infierno que viene del amor. Ah, las personas ponen la idea de pecado en el sexo. Pero cuán inocente e infantil es ese pecado. El infierno mismo es el del amor. Amor es la experiencia de un peligro de pecado mayor, es la experiencia del fango y de la degradación y de la peor alegría. Sexo es el sobresalto de un niño. Pero ¿cómo me hablaré a mí misma del amor que ahora conozco?

Es casi imposible, porque en lo neutro del amor hay una alegría continua, como un ruido de hojas en el viento. Y yo cabía en la desnudez neutra de la mujer de la pared. El mismo neutro, aquel que me había consumido en perniciosa y ávida alegría, estaba en ese mismo neutro ahora que yo escuchaba otra especie de alegría continua de amor. Lo que Dios es estaba más en el ruido neutro de las hojas al viento que en mi antigua plegaria humana.

A menos que yo pueda decir una plegaria verdadera, que parezca a los demás y a mí misma una cábala de magia negra, un murmullo neutro.

Ese murmullo, sin ningún sentido humano, sería mi identidad tocando la identidad de las cosas. Sé que, en relación con lo humano, esa plegaria neutra sería una monstruosidad. Pero en relación con lo que es Dios, sería «ser».

Me había visto obligada a entrar en el desierto para saber con espanto que el desierto está vivo, para saber que una cucaracha es la vida. Había retrocedido hasta saber que en mí la vida más profunda está antes de lo humano, y para eso había tenido el valor diabólico de abandonar los sentimientos. Había tenido que negar valor humano a la vida para poder entender la dimensión, mucho más que humana, del Dios. ¿Había yo pedido la cosa más peligrosa y prohibida? Arriesgando mi alma, ¿me habría atrevido a exigir ver a Dios?

Y ahora estaba como ante Él, y no entendía; estaba inútilmente en pie ante Él, y estaba nuevamente ante la nada. A mí, como a todo el mundo, se me había dado todo, pero había querido más: había querido conocer ese todo. Y había vendido mi alma para saber. Ahora entendía que no la había vendido al diablo, sino a alguien mucho más peligroso: a Dios. Que me había dejado ver. Pues Él sabía que yo no sabría ver lo que viese: la explicación de un enigma es la repetición del enigma. ¿Qué Eres?, y la respuesta es: Eres. ¿Existes? Y la respuesta es: Existes. Yo tenía la capacidad de preguntar, pero no la de escuchar la respuesta.

No, ni la pregunta había sabido yo plantearla. No obstante, la respuesta se imponía a mí desde mi nacimiento. Había sido a causa de la respuesta continua por lo que yo, recorriendo el camino inverso, me había visto obligada a buscar a qué pregunta correspondía. Entonces me había extraviado en un laberinto de preguntas, y planteaba preguntas al azar, esperando que una de ellas correspondiese ocasionalmente a la respuesta, y entonces pudiese yo comprender la respuesta.

Pero era como una persona que, habiendo nacido ciega y no teniendo a nadie a su lado que viese, no pudiese siquiera formular una pregunta acerca de la visión: no sabría que existía la visión. Pero, como en realidad la visión existía, aun cuando esa persona no lo supiese por sí misma y no hubiese escuchado hablar de ello, estaría tensa, inquieta, atenta, sin saber preguntar sobre algo que no sabía que existía; sentiría la carencia de lo que debería ser suyo.

Sentiría la carencia de lo que debería ser suyo.

—No. No te lo he contado todo. Todavía quería ver si huía contándome a mí misma solo un poco. Pero mi liberación solo se producirá si tengo el impudor de mi propia incomprensión.

Porque, sentada en la cama, me dije entonces:

—Me lo dieron todo, ¡y mira lo que es todo! Es una cucaracha que está viva y que está a punto de morir. Y entonces miré el pestillo de la puerta. Después miré la madera del armario. Miré el cristal de la ventana. Mira lo que es todo: es un trozo de cosa, un trozo de hierro, de guijo, de cristal. Y me dije: mira por lo que he luchado, para tener exactamente lo que ya tenía antes, me he arrastrado hasta que las puertas se me han abierto, las puertas del tesoro que buscaba: ¡y mira lo que era el tesoro!

El tesoro era un trozo de metal, era un trozo de cal de pared, era un trozo de materia hecha de cucaracha.

Desde la prehistoria yo había comenzado mi marcha por el desierto, y sin estrella para guiarme, solo la perdición guiándome, solo el extravío guiándome; hasta que, casi muerta por el éxtasis del cansancio, iluminada de pasión, por fin había encontrado el cofrecillo. Y en el cofrecillo, centelleante de gloria, el secreto escondido. El secreto más antiguo del mundo, opaco, pero que me cegaba con el resplandor de su existencia simple, que centelleaba allí con una gloria que me hacía daño a los ojos. Dentro del cofrecillo, el secreto:

Un trozo de cosa.

Un trozo de hierro, una antena de cucaracha, un yeso de pared.

Mi agotamiento se postraba a los pies del trozo de cosa, adorándolo infernalmente. El secreto de la fuerza era la fuerza, el secreto del amor era el amor; y la alegría del mundo es un pedazo opaco de cosa.

Lo opaco me reverberaba en los ojos. El secreto de mi trayectoria milenaria de orgía, muerte, gloria y sed hasta que finalmente encontré lo que siempre había yo tenido, y para eso había debido morir antes. Ah, estoy siendo tan directa que llego a parecer simbólica.

¿Un trozo de cosa? El secreto de los faraones. Y por causa de ese secreto, yo casi había entregado mi vida…

Más, mucho más: para lograr ese secreto, que ahora mismo seguía sin entender, daría de nuevo mi vida. Me había aventurado por el mundo en busca de la pregunta que es posterior a la respuesta. Una respuesta que seguía siendo secreta, incluso al ser revelado a qué pregunta correspondía. Yo no había encontrado una respuesta humana al enigma. Más, mucho más, oh, mucho más: había encontrado el enigma mismo. Me habían dado demasiado. ¿Qué haría yo con lo que me habían dado? «Que no se dé a los perros la cosa santa».

Y ni siquiera tocaba yo la cosa. Solo tocaba el espacio que va de mí al nudo vital; me hallaba dentro de la zona de vibración unida y controlada del nudo vital. El nudo vital vibra con la vibración de mi llegada.

Mi mayor aproximación posible se detiene a la distancia de un paso. ¿Qué me impide dar ese paso hacia delante? Es la irradiación opaca, simultáneamente de la cosa y de mí. Por semejanza, nos repelimos; por semejanza no entramos el uno en el otro. ¿Y si se diese ese paso?

No sé, no sé. Pues la cosa nunca puede realmente tocarse. El nudo vital es un dedo que señala; y aquello que fue señalado despierta como un miligramo de radio en la oscuridad tranquila. Entonces se oyen los grillos mojados. La luz del miligramo no altera la oscuridad. Pues la oscuridad no es iluminable, la oscuridad es un modo de ser: la oscuridad es el mundo vital de la oscuridad, y nunca se toca el nudo vital de una cosa.

Para mí, ¿la cosa tendrá que reducirse a ser solamente aquello que rodea lo intocable de la cosa? Dios mío, dame lo que hiciste. ¿O ya me lo diste? ¿Soy yo quien no puede dar el paso que me dará lo que ya hiciste? ¿Lo que hiciste soy yo? Y no consigo dar el paso hacia mí, yo que es Cosa y Tú. Dame lo que eres en mí. Dame lo que eres en los demás, Tú eres él, yo soy, yo soy porque cuando toco le veo. Pero él, el hombre, se ocupa de lo que le diste y se envuelve en una capa hecha especialmente para que yo la toque y la vea. Y quiero algo más que la capa que también amo. Quiero lo que Te amo.

Pero yo solo había encontrado, además de la capa, el enigma mismo. Y temblaba entera por miedo al Dios.

Tiemblo de miedo y adoración por lo que existe.

Lo que existe, y que es solamente un trozo de cosa, y sin embargo tengo que protegerme los ojos contra la opacidad de esa cosa. Ah, la violenta inconsciencia amorosa de lo que existe supera la posibilidad de mi consciencia. Tengo miedo de tanta materia, la materia vibra de atención, vibra de proceso, vibra de actualidad inherente. Lo que existe golpea en olas fuertes contra el grano inquebrantable que soy, y este grano rueda entre abismos de oleadas tranquilas de existencia, rueda y no se disuelve, ese grano-semilla.

¿De qué soy la semilla? Semilla de cosa, semilla de existencia, simiente de esas mismas oleadas de amor-neutro. Yo, persona, soy un germen. El germen solo es sensible; esta es su única inherencia particular. El germen duele. El germen está ávido y es experto. Mi avidez es mi más inicial hambre: soy pura porque estoy ávida.

Del germen que soy también está hecha esta materia alegre: la cosa. Que es una existencia satisfecha en procesarse, profundamente ocupada solo en procesarse, y el proceso vibra entero. Ese trozo de cosa dentro del cofrecillo es el secreto del cofre. Y el propio cofre también está hecho del mismo secreto, el cofrecillo donde se encuentra la joya del mundo, también el cofrecillo está hecho del mismo secreto.

¡Ah, y todo eso no lo quiero! Odio lo que he logrado ver. ¡No quiero ese mundo hecho de cosa!

No quiero. Mas no puedo impedir sentirme completamente ampliada dentro de mí por la pobreza de lo opaco y de lo neutro: la cosa está viva como la hierba. Y si eso es el infierno, es el propio paraíso: la elección es mía. Soy yo quien será demoniaca o ángel; si fuese demoniaca, esto es el infierno; si fuese ángel, esto es el paraíso. Ah, envío a mi ángel para que me despeje el camino. No, no mi ángel: sino mi humanidad y su misericordia.

Envié a mi ángel para que me despejase el camino delante y avisase a las piedras de que yo iba a llegar, y para que ellas se suavizasen ante mi incomprensión.

Y fue mi ángel más dulce quien encontró el trozo de cosa. Él no podía encontrar sino lo que era. Pues incluso cuando algo cae del cielo, es un meteorito, es decir, un trozo de cosa. Mi ángel me deja ser la adoradora de un trozo de hierro o de cristal.

Pero a mí me corresponderá impedirme el dar nombre a la cosa. El nombre es una añadidura, e impide el contacto con la cosa. El nombre de la cosa es un intervalo para la cosa. La voluntad de añadidura es grande; porque la cosa desnuda es tan tediosa…

Porque la cosa desnuda es tan tediosa…

Ah, entonces por eso había sentido yo siempre una especie de amor por el tedio. Y un continuo odio.

Porque el tedio es insípido y se parece a la cosa misma. Y no había sido lo bastante grande: solo los grandes aman la monotonía. El contacto con el supersonido de lo atonal tiene una alegría inexpresiva que solo la carne, en el amor, tolera. Los grandes tienen la cualidad vital de la carne, y no solo toleran lo atonal, sino que aspiran a ello.

Mis antiguas construcciones habían consistido en intentar continuamente transformar lo atonal en tonal, en dividir el infinito en una serie de finitos, sin distinguir que finito no es cantidad, sino cualidad. Y mi gran malestar en todo eso había sido sentir que, por más larga que fuese la serie de finitos, no agotaba la cualidad residual del infinito.

Pero el tedio, el tedio había sido la única forma en que había podido sentir lo atonal. Y ni siquiera había sabido que me gustaba el tedio porque sufría por ello. Pero en materia de vivir, el sufrimiento no es una medida de vida: el sufrimiento es un subproducto fatal y, por agudo que sea, despreciable.

Oh, ¡y yo que debería haber distinguido todo eso mucho antes! Yo, que tenía como tema secreto lo inexpresivo. Un rostro inexpresivo me fascinaba; el momento que no era clímax me atraía. La Naturaleza, lo que me gustaba de ella, era su inexpresivo vibrante.

—Ah, no sé cómo decirte, ya que solo resulto elocuente cuando yerro, el error me lleva a discutir y a pensar. Pero ¿cómo hablarte, si hay un silencio cuando acierto? ¿Cómo hablarte de lo inexpresivo?

Incluso hasta en la tragedia, pues la verdadera tragedia está en la inexorabilidad de su inexpresivo, que es su identidad desnuda.

A veces, a veces nosotros mismos manifestamos lo inexpresivo; en el arte se hace eso, en el amor corporal también; manifestar lo inexpresivo es crear. En el fondo, ¡somos tan, tan felices! Pues no hay una forma única de entrar en contacto con la vida, ¡incluso hay formas negativas! Inclusive las dolorosas, inclusive las casi imposibles; y todo eso, todo eso antes de morir, ¡todo eso incluso cuando estamos despiertos! Y también hay a veces la exasperación de lo atonal, que es de una alegría profunda: lo atonal exasperado es el vuelo que se alza; la Naturaleza es lo atonal exasperado, fue así como se formaron los mundos: lo atonal se exasperó.

Y que se miren las hojas, cuán verdes y pesadas son, se exasperan en cosas; cuán ciegas son las hojas y qué verdes son. Y que se sienta en la mano cómo todo tiene un peso, el peso no escapa de la mano inexpresiva. Que no se despierte quien está del todo ausente, quien está absorto siente el peso de las cosas. Una de las pruebas de la cosa es el peso: solo vuela lo que tiene peso. Y solo cae —el meteorito celeste— lo que tiene peso.

¿O todo eso es aún yo que quiere el gozo de las palabras de las cosas? ¿O eso es aún yo que desea el orgasmo de la belleza extrema, del entendimiento, del extremo gesto de amor?

¡Porque el tedio es de una felicidad demasiado primaria! Y por eso me resulta intolerable el paraíso. Y no quiero el paraíso, ¡tengo nostalgia del infierno! ¡No tengo categoría para permanecer en el paraíso porque el paraíso no tiene sabor humano! Tiene sabor a cosa, y no tiene sabor a cosa vital; como la sangre en la boca cuando me corto y chupo la sangre, me espanto porque mi propia sangre no tiene sabor humano.

Y la leche materna, que es humana, la leche materna es muy anterior a lo humano, y no tiene sabor, no es nada, ya lo experimenté; es como el ojo esculpido de una estatua que está vacío y sin expresión, pues cuando el arte es bueno es porque tocó lo inexpresivo, el peor arte es el expresivo, aquel que transgrede el trozo de hierro y el trozo de cristal, y la sonrisa, y el grito.

—Ah, mano que me sujeta, ¡si no hubiese necesitado yo tanto de mí para formar mi vida, habría tenido ya la vida!

Pero es que eso, en el plano humano, sería la destrucción: vivir la vida en vez de vivir la propia vida está prohibido. Es pecado entrar en la materia divina. Y ese pecado tiene un castigo irremediable: la persona que se atreve a entrar en este secreto, al perder su vida individual, desorganiza el mundo humano. También yo podría haber dejado mis sólidas construcciones en el aire, aunque supiera que eran desmantelables, si no hubiese sido por la tentación. Y la tentación puede hacer que no se pase a la otra orilla.

Pero ¿por qué permanecer dentro, sin intentar cruzar hasta la orilla opuesta? Permanecer dentro de la cosa es la locura. No quiero permanecer dentro; si no, mi humanización anterior, que fue tan gradual, se convertiría en algo sin fundamento.

¡Y no quiero perder mi humanidad! Ah, perderla duele, amor mío, como abandonar un cuerpo aún vivo y que se niega a morir como los trozos cortados de una lagartija.

Pero ahora era demasiado tarde. Yo habría de ser más grande que mi miedo, y habría de ver de qué estaba hecha mi humanización anterior. Ah, he de demostrar tanta fe en la semilla verdadera y oculta de mi humanidad que no debo tener miedo de ver la humanización por dentro.

No debo tener miedo de ver la humanización por dentro.

—Dame nuevamente tu mano, aún no sé cómo consolarme de la verdad.

Mas —siente un instante conmigo— la mayor falta de creencia en la verdad de la humanización sería pensar que la verdad destruiría la humanización. Espérame, espera: sé que después sabré cómo encajar todo eso en la practicidad diaria, ¡no olvides que también yo necesito de la vida diaria!

Pero ¿ves, amor mío?, la verdad no puede ser mala. La verdad es lo que es; y, exactamente por ser inmutablemente lo que es, tiene que ser nuestra gran seguridad, así como el haber deseado al padre o a la madre es tan fatal que esto ha tenido que ser nuestro fundamento. Así pues, ¿entiendes por qué tendría miedo de comer el bien y el mal? Si ellos existen es porque esto es lo que existe.

Espérame, sé que voy hacia una cosa que duele porque estoy perdiendo otras, pero espera que continúe un poco más. De todo eso, ¿quién sabe?, ¡podrá nacer un nombre! Un nombre sin palabra, pero que quizá arraigue la verdad en mi formación humana.

No te asustes de ver cuán asustada estoy: no puede ser malo contemplar la vida en su plasma. Es peligroso, es pecado, pero no puede ser malo, porque estamos hechos de ese plasma.

—Escucha, no te asustes: recuerda que he comido del fruto prohibido y, sin embargo, no he sido fulminada por la orgía de ser. Entonces, escucha: eso quiere decir que me salvaré aún más de lo que me salvaría si no hubiese comido de la vida… Escucha, porque me he sumergido en el abismo comienzo a amar el abismo de que estoy hecha. La identidad puede ser peligrosa por causa del intenso placer que se convertiría solamente en placer. Pero ¡ahora acepto amar la cosa!

Pues el estado de gracia existe permanentemente: estamos siempre salvados. Todo el mundo está en estado de gracia. Solo cuando a una persona la fulmina la dulzura advierte que está en gracia, sentir que se está en gracia es el don, y pocos se arriesgan a conocer eso en sí mismos. Mas no hay peligro de perdición, ahora lo sé: el estado de gracia es inmanente.

—Escucha. Yo estaba habituada solamente a trascender. La esperanza era un aplazamiento para mí. Nunca había dejado mi alma libre, y me había organizado deprisa como persona porque es demasiado arriesgado perder la forma. Mas ahora veo lo que me acontecía en verdad: tenía tan poca fe que había inventado solamente el futuro; creía tan poco en lo que existe que remitía la actualidad a una promesa y a un futuro.

Pero descubro que ni siquiera es necesario tener esperanza.

Es mucho más grave. Ah, sé que estoy de nuevo enredándome en lo peligroso y que debería callarme para mí misma. No se debe decir que la esperanza no es necesaria, pues esto podría llegar a transformarse, ya que soy débil, en arma destructora. Y para ti mismo, en arma utilitaria de destrucción.

Yo podría no entender y tú podrías no comprender que prescindir de la esperanza en verdad significa acción y hoy. No, no es destructor, espera, déjame entendernos. Se trata de un asunto prohibido no porque sea malo, sino porque nos ponemos en peligro.

Sé que si abandono lo que fue una vida toda organizada por la esperanza, sé que abandonar todo eso —en favor de ese algo más amplio que es estar vivo—, abandonar todo eso duele como separarse de un hijo aún no nacido. La esperanza es un hijo aún no nacido, solo prometido, y eso hace daño.

Mas sé que al mismo tiempo quiero y no quiero contenerme más. Es como la agonía de la muerte: algo en la muerte quiere liberarse y al mismo tiempo teme abandonar la seguridad del cuerpo. Sé que es peligroso hablar de la falta de esperanza, pero escucha, se está produciendo en mí una alquimia profunda, y fue en el fuego del infierno donde se forjó. Y eso me da el derecho principal: el de equivocarme.

Escucha sin miedo y sin sufrimiento: lo neutro de Dios es tan grande y vital que yo, no soportando la célula de Dios, la había humanizado. Sé que es horriblemente peligroso descubrir ahora que el Dios tiene la fuerza de lo impersonal, porque sé, ¡oh, yo sé!, ¡que es como si eso significase la destrucción de lo solicitado!

Y es como si el futuro dejase de progresar hacia el presente. Y nosotros no podemos, estamos inermes.

Pero escucha un instante: no estoy hablando del futuro, estoy hablando de una actualidad permanente. Y esto quiere decir que la esperanza no existe, porque ella no es ya un futuro aplazado, es hoy. Porque el Dios no promete. Es mucho más grande que eso: Él es, y nunca deja de ser. Somos nosotros quienes no soportamos esta luz siempre actual, y entonces la prometemos para después, tan solo para no sentirla hoy mismo y ya. El presente es el rostro inmanente del Dios. El horror es que sabemos que estando vivos vemos a Dios. Con los ojos abiertos incluso vemos a Dios. Y si rechazo el rostro de la realidad hasta después de mi muerte, es por astucia, porque prefiero estar muerta en la hora de verLe y así pienso que no Le veré realmente, del mismo modo que solo tengo valor para soñar verdaderamente cuando estoy durmiendo.

Sé que lo que siento es grave y que puede destruirme. Porque… porque es como si me estuviese dando a mí misma la noticia de que el reino de los cielos ya existe.

¡Y no quiero el reino de los cielos, no lo quiero, solo soporto su promesa! La noticia que estoy recibiendo de mí misma me suena apocalíptica, y nuevamente me acerco a lo demoniaco. Pero es solo por miedo. Es miedo. Pues prescindir de la esperanza significa que tengo que pasar a vivir, y no solo a prometerme la vida. Y este es el mayor miedo que puedo sentir. Antes esperaba. Mas el Dios es hoy: su reino ya ha comenzado.

Y su reino, amor mío, también es de este mundo. Yo no tenía valor para dejar de ser una promesa, y me prometía, como un adulto que no tiene valor de ver que ya es un adulto y sigue prometiéndose la madurez.

Y he aquí que yo aprendía que la promesa divina de vida ya se está cumpliendo, y que siempre se cumplió. Anteriormente, solo de vez en cuando, me era recordado, en una visión instantánea y luego borrada, que la promesa no es solo para el futuro, es ayer y es permanentemente hoy: pero me resultaba chocante. Prefería continuar pidiendo, sin tener valor para tener ya.

Y tengo. Siempre tendré. Basta necesitar para tener. Necesitar nunca termina, pues necesitar es la inherencia de mi neutro. Lo que yo haga de la petición y de la carencia, eso será la vida que habré hecho de mi vida. ¡No situarse ante la esperanza no es la destrucción de lo solicitado! Y no es abstenerse de la carencia. Ah, es aumentarla, es aumentar infinitamente la petición que nace de la carencia.

Aumentar infinitamente la petición que nace de la carencia.

La leche de vaca no brota para nosotros, pero la bebemos. La flor no se hizo para que nosotros la miremos ni para que sintamos su perfume, y la miramos y la olemos. La Vía Láctea no existe para que sepamos de su existencia, pero la conocemos. Y conocemos a Dios. Y sacamos de Él lo que necesitamos. (No sé a qué llamo Dios, pero así puede ser llamado). Si solo sabemos muy poco de Dios, es porque necesitamos poco: solo tenemos de Él lo que fatalmente nos basta, solo tenemos de Dios lo que cabe en nosotros. (La nostalgia no es del Dios que nos falta, es la nostalgia de nosotros mismos que no somos suficientemente; sentimos la falta de nuestra grandeza imposible, mi actualidad inalcanzable es mi paraíso perdido).

Sufrimos por tener tan poca hambre, aunque nuestra pequeña hambre baste ya para hacernos sentir una profunda carencia del placer que tendríamos si tuviésemos más hambre. La gente solo bebe la leche que el cuerpo necesita, y de la flor solo vemos hasta donde alcanza la mirada, y su saciedad cansa.

Cuanto más necesitamos, más existe Dios. Cuanto más podamos, más tendremos a Dios.

Él permite. (Él no nació para nosotros, como nosotros no hemos nacido para Él, nosotros y Él somos simultáneamente). Él está ininterrumpidamente ocupado en ser, tal como todo está siendo, pero Él no impide que nos unamos a Él, y con Él permanezcamos ocupados en ser, en un intercambio tan fluido y constante como el de vivir. Él, por ejemplo, nos usa totalmente porque no hay nada en cada uno de nosotros que Él, cuya necesidad es absolutamente infinita, no precise. Él nos usa, y no impide que nosotros hagamos uso de Él. El minero que está bajo tierra no es responsable por no ser utilizado.

Estamos muy atrasados, y no tenemos idea de cómo beneficiarnos de Dios en un intercambio, como si aún no hubiésemos descubierto que la leche se bebe. De aquí a algunos siglos o de aquí a algunos minutos quizá digamos asustados: ¡y decir que Dios siempre ha sido! Quien fue poco he sido yo; como diríamos del petróleo que finalmente hemos necesitado hasta el punto de extraerlo de la tierra, como un día lloraremos a los que mueran de cáncer sin emplear el remedio que existe. Ciertamente todavía no hemos necesitado no morir de cáncer. Todo existe. (Quizá seres de otro planeta sepan ya las cosas y vivan en un intercambio para ellos natural; sin embargo, para nosotros el intercambio sería «santidad» y perturbaría completamente nuestra vida).

La leche de vaca, nosotros la bebemos. Y si la vaca no nos lo permite, empleamos la violencia. (En la vida y en la muerte todo es lícito, vivir es siempre cuestión de vida-y-muerte). Con Dios también se puede recurrir a la violencia. Él mismo, cuando necesita más particularmente a uno de nosotros, nos escoge y nos violenta.

Solo que mi violencia para con Dios tiene que ser violencia para conmigo misma. Tengo que violentarme para necesitar más. Para que me vuelva tan desesperadamente mayor que me quede vacía y necesitada. Así habré llegado a la raíz del necesitar. El gran vacío en mí será mi lugar de existir; mi pobreza extrema será una gran voluntad. Tengo que violentarme hasta no tener nada, y necesitar todo; cuando necesite, entonces tendré, porque sé que es de justicia dar más a quien más pide, mi exigencia es mi tamaño, mi vacío es mi medida. También se puede violentar a Dios directamente, a través de un amor lleno de ira.

Y Él comprenderá que esa avidez nuestra colérica y asesina es, en verdad, nuestra ira sagrada y vital, nuestra tentativa de hacernos violencia a nosotros mismos, la tentativa de comer más de lo que podemos para aumentar artificialmente nuestra hambre; en la exigencia de vida todo es lícito, incluso lo artificial, y lo artificial es a veces el gran sacrificio que se hace para tener lo esencial.

Pero, ya que somos poco y por tanto solo necesitamos pocos, ¿por qué entonces no nos basta lo poco? Es porque adivinamos el placer. Como ciegos que tantean, presentimos el intenso placer de vivir.

Y si presentimos, es también porque nos sentimos de modo inquietante usados por Dios, sentimos de modo inquietante que estamos siendo utilizados con un placer intenso e ininterrumpido, lo que por otro lado es nuestra salvación, por cuanto que, si somos utilizados, no somos inútiles, Dios nos aprovecha intensamente; cuerpo y alma y vida son para eso:

para el intercambio y el éxtasis de alguien. Inquietos, sentimos que estamos siendo utilizados en cada instante, pero eso despierta en nosotros el inquietante deseo de utilizar también.

Y Él no solamente lo permite, sino que necesita ser utilizado, ser utilizado es un modo de ser comprendido. (En todas las religiones, Dios exige ser amado). Para tenernos, nos basta solo necesitar. Necesitar es siempre el momento supremo. Del mismo modo que la más arriesgada alegría entre un hombre y una mujer se produce cuando la grandeza de la necesidad es tal que uno se siente agonía y espanto: sin ti no podría vivir. La revelación del amor es un revelación de carencia; bienaventurados los pobres de espíritu porque de ellos es el lacerante reino de la vida.

Si abandono la esperanza, rindo homenaje a mi carencia, y esta es la mayor gravedad del vivir. Y, porque asumí mi falta, la vida está a mi alcance. Muchos fueron los que abandonaron todo lo que poseían, y fueron en busca de un hambre mayor.

Ah, he perdido la timidez: Dios es ya. Nosotros ya hemos sido anunciados, y fue mi propia vida equivocada quien me anunció la verdadera. La beatitud es el placer continuo de la cosa, el proceso de la cosa está hecho de placer y de contacto con aquello que se precisa gradualmente más. Toda mi lucha fraudulenta procedía de no querer asumir la promesa que se cumple: yo no quería la realidad.

Pues ser real es asumir la propia promesa: asumir la propia inocencia y recuperar el gusto del cual nunca se tuvo conciencia: el gusto de lo vivo.

El gusto de lo vivo.

Que es un gusto casi nulo. Y eso porque las cosas son muy delicadas. Ah, las tentativas de gustar la hostia.

La cosa es tan delicada que me asombro de que llegue a ser visible. Y hay cosas de tal manera más delicadas que no son visibles. Mas todas tienen una delicadeza equivalente a lo que significa para nuestro cuerpo el tener rostro: la sensibilización del cuerpo que es un rostro humano. La cosa tiene una sensibilización de ella misma, como un rostro.

Ah, y yo que no sabía cómo consustanciar mi «alma». Ella no es inmaterial, está hecha de la materia más delicada. Es cosa, solo que no consigo consustanciarla hasta volverla visible.

Ah, amor mío, las cosas son muy delicadas. La gente las pisa con una pata demasiado humana, con demasiados sentimientos. Solo la delicadeza de la inocencia o solo la delicadeza de los iniciados siente su gusto casi nulo. Antes, yo necesitaba paliativo para todo, y así era como saltaba por encima de la cosa y sentía el gusto del paliativo.

Yo no podía sentir el sabor de la patata, pues la patata es

casi la materia de la tierra; la patata es tan delicada que —por mi incapacidad de vivir en el plano de delicadeza del gusto apenas terroso de la patata— yo ponía mi pata humana sobre ella y quebraba su delicadeza de cosa viva. Porque la materia viva es muy inocente.

¿Y mi propia inocencia? Ella me duele. Porque también sé que, en el plano únicamente humano, la inocencia es tener la crueldad que la cucaracha tiene para consigo misma al estar lentamente muriendo sin dolor; superar el dolor es la peor crueldad. Y tengo miedo de eso, yo que soy extremadamente moral. Pero ahora sé que debo tener una valentía mucho mayor: la de tener otra moral, tan despojada que yo misma no la entienda y me asuste.

—Ah, me acordé de ti, que es lo más antiguo en mi memoria. Te vuelvo a ver uniendo los hilos eléctricos para reparar la toma de luz, fijándote en los polos positivo y negativo, y tratando las cosas con delicadeza.

Yo no sabía que aprendí tanto contigo. ¿Qué aprendí contigo? Aprendí a mirar a una persona trenzando hilos eléctricos. Aprendí a verte una vez reparar una silla rota. Tu energía física era tu energía más delicada.

—Eras la persona más antigua que jamás conocí. Eras la monotonía de mi amor eterno, y no lo sabía. Sentía por ti el tedio que siento en los días festivos. ¿Qué era? Era como el agua que brota de una fuente de piedra, y los años grabados en la lisura de la piedra, el musgo entreabierto por el hilo de agua que corre, y la nube en lo alto, y el hombre amado que rechaza, y el amor inmóvil, era día festivo, y el silencio en el vuelo de los mosquitos. Y el presente disponible. Y mi liberación lentamente entendida, la saciedad, la saciedad del cuerpo que no pide y que no necesita.

Yo no sabía ver que aquello era un amor delicado. Y me parecía el tedio. Era en verdad el tedio. Era una búsqueda de alguien para jugar, el deseo de ahondar el aire, de entrar en contacto más profundo con el aire, el aire que no existe para ser ahondado, que fue destinado a permanecer suspendido, de ese modo.

No sé, recuerdo que era día festivo. ¡Ah, cómo deseaba yo entonces el dolor!: me distraería de aquel gran vacío divino que sentía contigo. Yo, la diosa reposando; tú, en el Olimpo. ¿El gran bostezo de la felicidad? La distancia siguiendo a la distancia, y la otra distancia y otra más; la abundancia de espacio que tiene el día festivo. Aquel despliegue de tranquila energía, que yo no entendía. Aquel beso ya sin sed en la cabeza distraída del hombre amado reposando, el beso pensativo en el hombre ya amado. Era día festivo nacional. Las banderas izadas.

Pero la noche caía. Y yo no soportaba la transformación lenta de algo que lentamente se transforma en el mismo algo, apenas aumentado una gota idéntica más de tiempo. Recuerdo nuestras palabras:

—Tengo un poquito de dolor de estómago —dije respirando con algo de hastío—. ¿Qué haremos esta noche?

—Nada —respondiste tanto más sabio que yo—, nada, es día festivo —dijo el hombre que era delicado con las cosas y con el tiempo.

El tedio profundo —como un gran amor— nos unía. Y a la mañana siguiente, muy temprano, el mundo se me entregaba. Las alas de las cosas estaban abiertas, iba a hacer calor por la tarde, ya se sentía por el sudor fresco de aquellas cosas que habían pasado la noche tibia, como en un hospital donde los pacientes aún amanecen vivos.

Mas todo eso era demasiado fino para mi pata humana. Y yo, yo quería la belleza.

Mas ahora tengo una moral que prescinde de la belleza. Tendré que decir con nostalgia adiós a la belleza. La belleza era un cebo suave para mí, era el modo como yo, débil y respetuosa, adornaba la cosa para poder soportar el núcleo.

Pero ahora mi mundo es el de la cosa que antes habría llamado fea o monótona, y que ya no me resulta fea ni monótona. He pasado por la experiencia de roer la tierra y comer el suelo, y lo he vivido como una orgía, y he sentido con horror moral que la tierra roída por mí también sentía placer. Mi orgía, en verdad, procedía de mi puritanismo: el placer me ofendía, y de la ofensa yo hacía un placer más grande. No obstante, a este mi mundo de ahora, yo antes lo habría llamado violento.

Porque violenta es la ausencia de sabor del agua, violenta es la ausencia de color de un trozo de cristal. Una violencia que es tanto más violenta porque es neutra.

Mi mundo actual está crudo, es un mundo de una gran dificultad vital. Pues, más que un astro, yo quiero hoy la raíz gruesa y negra de los astros, quiero la fuente que siempre parece sucia, y está sucia, y que es siempre incomprensible.

Con dolor digo adiós incluso a la belleza de un niño pequeño, quiero al adulto que es más primitivo y feo y más seco y más difícil, y que se convirtió en un niño-semilla que no se rompe con los dientes.

Ah, y quiero ver si también puedo ya prescindir del caballo

que bebe agua, lo que es tan bello. Tampoco quiero mi sensibilidad porque resulte hermosa; ¿y podré prescindir del cielo que se mueve en nubes? ¿Y de la flor? No quiero el amor bello. No quiero la media luz, no quiero el rostro bien formado, no quiero lo expresivo. Quiero lo inexpresivo. Quiero lo inhumano en la persona; no, no es peligroso, pues de cualquier modo la persona es humana, no es preciso luchar por eso: querer ser humano me parece demasiado bello.

Quiero la materia de las cosas. La humanidad está impregnada de humanización, como si fuese necesario; y esa falsa humanización estorba al hombre y a su humanidad. Existe algo que es más ancho, más sordo, más profundo, menos bueno, menos ruin, menos bello. Aunque también ese algo corra el peligro de llegar a transformarse, en nuestras manos groseras, en «pureza», nuestras manos, que son groseras y están llenas de palabras.

Nuestras manos, que son groseras y están llenas de palabras.

—Permite que te diga que Dios no es bello. Y esto porque Él no es ni un resultado ni una conclusión, y todo lo que la gente considera bello es generalmente solo porque ya está terminado. Mas lo que hoy es feo se considerará dentro de algunos siglos bello, porque habrá completado uno de sus movimientos.

No quiero ya el movimiento completo que en verdad nunca se completa, y nosotros somos quienes por deseo lo completamos; no quiero gozar más de la facilidad de gozar algo solo porque, siendo aparentemente completo, no me asusta ya, y entonces es falsamente mío; yo, devoradora que era de las bellezas.

No quiero la belleza, quiero la identidad. La belleza sería un añadido, y ahora voy a tener que prescindir de ella. El mundo no tiene vocación de belleza, y esto antes me habría sorprendido: en el mundo no existe ningún plano estético, ni siquiera el plano estético de la bondad, y esto antes me habría sorprendido. La cosa es mucho más que esto. El Dios es más grande que la bondad con su belleza.

Ah, despedirse de todo eso significa una desilusión tan grande. Mas es en la desilusión donde se cumple la promesa, a través de la desilusión, a través del dolor es como se cumple la promesa, y por eso antes hay que pasar por el infierno: hasta que se ve que existe un modo mucho más profundo de amar, y ese modo prescinde del añadido de la belleza. Dios es lo que existe, y todos los opuestos están dentro de Dios, y por eso no Le contradicen.

Ah, todo mi ser está sufriendo por tener que abandonar lo que era para mí el mundo. Abandonar es una actitud tan ardua y agresiva que la persona que abriese la boca para hablar de abandonar debería ser detenida y mantenida en incomunicación; yo misma prefiero considerarme temporalmente fuera de mí a tener el valor de descubrir que todo eso es una verdad.

—Dame tu mano, no me abandones, juro que tampoco yo quería: también yo vivía bien, era una mujer de quien se habría podido escribir *Vida y amores de G. H.* No puedo expresar con palabras cuál era el sistema, mas yo vivía en el sistema. Era como si me organizase en función de tener dolor de estómago, porque, si no lo tuviese más, también perdería la maravillosa esperanza de librarme un día del dolor de estómago: mi vida antigua me era necesaria porque era precisamente su mal lo que me hacía gozar de la imaginación de una esperanza que, sin esa vida que yo llevaba, no conocería.

Y ahora estoy arriesgando toda una esperanza tranquila por una realidad tan grande que me cubro los ojos con el brazo, incapaz de mirar de frente a una esperanza que se cumple de tal modo ya ¡e incluso antes de que yo muera! De tal modo antes de que yo muera. También yo me quemo en este descubrimiento: el de que existe una moral donde la belleza es de una gran superficialidad medrosa. Ahora lo que me llama y me atrae es lo neutro. No tengo palabras para expresarlo, y hablo entonces de neutro. Solo tengo ese éxtasis, que tampoco es ya lo que denominábamos éxtasis, pues no es culminación. Mas ese éxtasis sin culminación expresa lo neutro de que hablo.

Ah, mi diálogo conmigo y contigo está volviéndose mudo. Hablar con Dios es lo más mudo que existe. Hablar con las cosas es mudo. Sé que eso te resulta triste, y a mí también, pues aún estoy viciada por el condimento de la palabra. Y por eso el mutismo me duele como una destitución.

Mas sé que debo destituirme: el contacto con la cosa tiene que ser un murmullo, y para hablar con el Dios debo juntar sílabas inconexas. Mi carencia procedía de que había perdido el lado inhumano; se me expulsó del paraíso cuando me volví humana. Y la verdadera plegaria es el mudo oratorio inhumano.

No, no tengo que elevarme a través de la plegaria: tengo que, ingurgitada, convertirme en una nada vibrante. ¡Lo que hablo con Dios no debe tener sentido! Si tiene sentido es porque me equivoco.

Ah, no me entiendas mal: nada estoy quitándote. Te estoy exigiendo. Sé que parece que estoy suprimiendo tu humanidad y mi humanidad. Mas es lo contrario: quiero vivir de aquello inicial y primordial que exactamente hace que ciertas cosas lleguen al punto de aspirar a ser humanas. Quiero vivir la parte humana más difícil: vivir el germen del amor neutro, pues de esa fuente comenzó a brotar lo que después fue deformándose en sentimentaciones, a tal punto que el núcleo quedó sofocado por el sobrante de riqueza y aplastado en nosotros mismos por la pata humana. Es un amor mucho mayor el que me estoy exigiendo; es una vida tan grande que no tiene siquiera belleza.

Estoy teniendo ese valor duro que me duele como la carne que se transforma en parto.

Mas no. Aún no lo he contado todo.

No es que solo falte lo que voy a contar ahora. Le falta mucho más a ese relato mío a mí misma; falta, por ejemplo, padre y madre; aún no tuve el valor de honrarlos; faltan tantas humillaciones por las que pasé, y que omito porque solo son humillados los que no son humildes, y en vez de humillación entonces debería yo hablar de mi falta de humildad; y la humildad es mucho más que un sentimiento, es la realidad vista por el mínimo sentido común.

Queda mucho por contar. Mas hay algo que será indispensable decir.

(De algo estoy segura: si llego al final de este relato, iré, no mañana sino hoy mismo, a comer y a bailar al Top-Bambino, necesito condenadamente divertirme y distraerme. Me pondré, sí, el vestido nuevo azul, que me adelgaza un poco y me da colores, telefonearé a Carlos, Josefina, Antônio, no recuerdo bien cuál de los dos me dio la impresión de que me deseaba o si ambos me deseaban, comeré gambas «a lo no importa qué», y sé por qué comeré gambas, esta noche, esta noche va a ser recuperada mi vida cotidiana, la de mi alegría corriente; necesitaré para el resto de mis días mi leve vulgaridad dulce y de buen humor, necesito olvidar, como todo el mundo).

Es que no lo he contado todo.

Es que no lo he contado todo.

No he contado que allí, sentada e inmóvil, aún no había dejado de mirar con gran asco, sí, aún con desagrado la masa blanca amarillenta por encima de la grisura de la cucaracha. Y yo sabía que mientras sintiese asco, el mundo se me escaparía y yo me escaparía. Sabía que el error básico de vivir era sentir asco de una cucaracha. Sentir repugnancia de besar al leproso era yo equivocando la primera vida en mí, pues sentir asco me contradice, contradice en mí mi materia.

Entonces aquello que, por piedad hacia mí, no quería yo pensar, entonces lo pensé. No pude impedírmelo más, y pensé lo que en verdad estaba ya pensando.

Ahora, por piedad por la mano anónima que tomo en la mía, por piedad por lo que esa mano no va a comprender, no quiero llevarla conmigo hacia el horror donde ayer estuve sola.

Pues lo que de repente supe es que había llegado el momento no solo de haber comprendido que yo no debía trascender más, sino que había llegado el instante de no trascender más realmente. Y de tener ya lo que anteriormente pensaba que debía ser para mañana. Intento no hacerte daño, pero no puedo.

Es que la redención debía ser en la cosa misma. Y la redención en la cosa misma sería que yo me metiese en la boca la masa blanca de la cucaracha.

Solo pensar en ello me hizo cerrar los ojos con la fuerza de quien aprieta los dientes, y tanto apreté los dientes que un poco más y se me habrían roto dentro de la boca. Mis entrañas decían no, mi masa rechazaba la de la cucaracha.

Había dejado de transpirar, de nuevo estaba totalmente seca. Procuré racionalizar mi repugnancia. ¿Por qué sentía asco de la masa que salía de la cucaracha? ¿No había bebido yo la blanca leche que es líquida masa materna? Y al beber de lo que estaba hecha mi madre, ¿no lo había yo denominado, si nombre, amor? Mas el razonamiento no me llevaba a parte alguna, sino a continuar con los dientes crispados como si fuesen de carne que se horripilaba. Yo no podía.

Solo habría un modo de poder: si me diese a mí misma una orden hipnótica, y entonces me adormeciese y actuase como una sonámbula, y cuando me volviese a despertar, ya estaría «hecho», y sería como una pesadilla de la que uno despierta libre porque fue durante el sueño cuando se vivió lo peor.

Mas yo sabía que no era así como lo tendría que hacer. Sabía que tendría que comerme la masa de la cucaracha, pero comérmela toda, y también comerme mi propio miedo. Solo así lograría lo que de repente me pareció que sería el antipecado: comer la masa de la cucaracha es el antipecado, pecado asesino de mí misma.

El antipecado. Pero a qué precio.

Al precio de pasar a través de una sensación de muerte.

Me levanté y avancé un paso, con la determinación no de una suicida, sino de una asesina de mí misma.

El sudor recomenzaba, estaba ahora sudada de la cabeza a los pies, los dedos pringosos de los pies se deslizaban en las zapatillas, y la raíz de mis cabellos se ablandaba por aquella cosa viscosa que era mi sudor nuevo, un sudor que no conocía y que tenía un olor igual al que sale de una tierra reseca en las primeras lluvias. Aquel sudor profundo era, no obstante, el que me vivificaba, estaba nadando lenta en mi más antiguo caldo de cultivo, el sudor era plancton, neuma y *pablum vitae*, yo estaba siendo, estaba siéndome.

No, amor mío, no era bueno como lo que se llama bueno. Era lo que se llama malo. Muy, muy malo incluso. Pues mi raíz, que solo ahora experimentaba yo, tenía sabor a patata—tubérculo, mezclada con la tierra de donde había sido arrancada. Sin embargo, este sabor malo tenía una extraña gracia de vida que solo puedo entender si lo siento de nuevo y solo puedo explicar sintiéndolo nuevamente.

Avancé un paso más. Pero, en vez de ir adelante, de repente vomité la leche y el pan que había tomado por la mañana en el desayuno.

Toda sacudida por el vómito violento, que no había sido siquiera precedido por el aviso de una náusea, desilusionada conmigo misma, asustada por mi falta de fuerza para realizar el gesto que me parecía ser el único capaz de reunir mi cuerpo con mi alma.

A despecho de mí, después de vomitar, me había quedado serena, con la cabeza despejada y físicamente tranquila.

Lo que era peor: ahora iba a tener que comerme la cucaracha sin la ayuda de la exaltación anterior, la exaltación que había actuado en mí como una hipnosis; había vomitado la exaltación. E inesperadamente, después de la revolución que es vomitar, me sentía físicamente simple como una niña. Debería ser así, como una niña que no deseaba estar alegre, como iba yo a comerme la masa de la cucaracha.

Entonces avancé.

Mi alegría y mi vergüenza fue al despertar del desmayo. No, no había sido un desmayo. Había sido más bien un vértigo, pues yo seguía de pie, apoyando la mano en el armario. Un vértigo que me había hecho perder la cuenta de los momentos y del tiempo. Mas sabía, antes incluso de pensar, que, mientras me había ausentado en el vértigo, «algo había ocurrido».

Y no quería pensar, pero sabía. Tenía miedo de sentir en la boca lo que estaba sintiendo, tenía miedo de pasar la mano por los labios y encontrar vestigios. Y tenía miedo de mirar a la cucaracha, que ahora debía de tener menos masa blanca sobre el lomo opaco…

Me daba vergüenza el haberme vuelto impetuosa e inconsciente para hacer lo que jamás sabría de qué manera había hecho, pues antes de hacerlo había sacado de mí la participación. No había querido «saber».

¿Era así entonces como ocurría? «No saber», ¿era así entonces como sucedía lo más profundo? ¿Alguna cosa tendría siempre, siempre, que estar aparentemente muerta para que lo vivo se produjese? ¿Había tenido yo que no saber que estaba viva? El secreto para no escaparse jamás de la vida más grande ¿era el de vivir como un sonámbulo?

Vivir como un sonámbulo ¿era el mayor acto de confianza? El de cerrar los ojos en el vértigo, y jamás saber lo que se hace.

Como una trascendencia. Trascendencia, que es el recuerdo del pasado o del presente o del futuro. La trascendencia ¿era en mí el único modo en que podía alcanzar la cosa? Pues incluso al comerme parte de la cucaracha, me había esforzado en trascender el acto mismo de comerla. Y ahora solo me quedaba el vago recuerdo de un horror, solo me quedaba la idea.

Hasta que el recuerdo se volvió tan intenso que mi cuerpo gritó entero en sí mismo.

Crispé mis uñas en la pared: sentía ahora lo repugnante en mi boca, y entonces comencé a escupir, a escupir furiosamente aquel sabor de cosa alguna, sabor de una nada que, sin embargo, me parecía casi dulcificado como el de ciertos pétalos de flor, sabor de mí misma; me escupía a mí misma, sin llegar jamás hasta el punto de sentir que por fin hubiese escupido mi alma entera. «… Porque no eres ni frío ni caliente, porque eres tibio, te vomitaré de mi boca», era el Apocalipsis según San Juan, y la frase, que debía de referirse a otras cosas de las que yo no me acordaba, la frase surgió de lo profundo de mi memoria, sirviendo para lo insípido que yo había comido, y que escupía.

Lo que era difícil: pues la cosa neutra es extremadamente enérgica, yo escupía y ella continuaba siendo yo.

Solo me detuve en mi furia cuando comprendí con sorpresa que estaba deshaciendo todo lo que laboriosamente había hecho, cuando comprendí que estaba renegándome. Y que, pobre de mí, no estaba a la altura sino de mi propia vida.

Me detuve asustada, y mis ojos se llenaron de lágrimas que

solo ardían y no corrían. Creo que no me consideraba siquiera digna de que las lágrimas corriesen, me faltaba la piedad primera por mí, la que permite llorar, y en las pupilas retenía ardientes las lágrimas que me salaban y que no merecía que resbalasen.

Mas, incluso sin resbalar, las lágrimas me servían de tal modo de compañeras y de tal modo me bañaban de conmiseración que fui agachando una cabeza contentada. Y, como quien regresa de un viaje, volví a sentarme tranquila en la cama.

Yo que había pensado que la mayor prueba de transmutación de mí en mí misma sería ponerme en la boca la masa blanca de la cucaracha. Y que así me aproximaría a lo... ¿divino? ¿A lo real? Lo divino para mí es lo real.

Lo divino para mí es lo real.

Pero besar a un leproso no es siquiera bondad. Es autorrealidad, es autovida; aunque eso signifique también la salvación del leproso. Mas es ante todo la propia salvación. El mayor beneficio del santo es para con él mismo, lo cual no importa: pues cuando él alcanza la gran y propia magnanimidad, millares de personas resultan ampliadas por su magnanimidad y de ella viven, y él ama tanto a los demás como ama su propio terrible agrandamiento. El santo ¿quiere purificarse porque siente la necesidad de amar lo neutro? Amar lo que no es un añadido, y prescindir de lo bueno y de lo bello. La gran bondad del santo es que para él todo es igual. El santo se quema hasta llegar al amor de lo neutro. Lo necesita para sí mismo.

Comprendí entonces que, de cualquier modo, vivir es una gran bondad para con los demás. Basta vivir, y por sí mismo esto se convierte en gran bondad. Quien vive totalmente está viviendo para los demás, quien vive la propia magnanimidad está haciendo una dádiva, incluso si su vida transcurre dentro del aislamiento de una celda. Vivir es una dádiva tan grande que millares de personas se benefician con cada vida vivida.

—¿Te duele que la bondad del Dios sea neutramente continua y continuamente neutra? Mas lo que yo antes quería como milagro, lo que llamaba milagro, era en verdad un deseo de discontinuidad e interrupción, el deseo de una anomalía: llamaba milagro exactamente al momento en que el verdadero milagro continuo del proceso se interrumpía. Pero la bondad neutra del Dios es aún más apelable de lo que sería si no fuese neutra: basta con ir y tener, basta con pedir y tener.

Y también el milagro se pide, y se consigue, pues la continuidad tiene intersticios que no la interrumpen, el milagro es la nota que queda entre dos notas musicales, es el número que queda entre el número uno y el número dos. Basta necesitar y se consigue. La fe es saber que se puede ir y comer el milagro. El hambre, esta es quien es en sí misma la fe; y tener necesidad es mi garantía de que siempre se me dará. La necesidad es mi guía.

No. Yo no necesitaba haber tenido el valor de comer la masa de la cucaracha. Pues me faltaba la humildad de los santos: había dado al acto de comérmela un sentido de «máximo». Mas la vida se divide en cualidades y especies, y la ley es que a la cucaracha solo la amará y la comerá otra cucaracha; y que una mujer, en la hora del amor por un hombre, esa mujer está viviendo su propia especie. Entendí que yo había hecho ya lo equivalente de vivir la masa de la cucaracha, pues la ley es que yo viva con la materia de una persona y no de una cucaracha.

Comprendí que al ponerme en la boca la masa de la cucaracha, no estaba despojándome como se despojan los santos, sino que estaba nuevamente queriendo el añadido. El añadido es más fácil de amar.

Y ahora no tomo tu mano para mí. Soy yo quien te da la mano.

Ahora necesito tu mano, no para no tener miedo, sino para que no tengas miedo tú. Sé que creer en todo eso será, al comienzo, tu gran soledad. Mas llegará el momento en que me darás la mano, no ya por soledad, sino como yo ahora: por amor. Como yo, no tendrás miedo de unirte a la extrema dulzura enérgica del Dios. Soledad es tener solamente el destino humano.

Y soledad es no necesitar. No necesitar deja a un hombre muy solo, totalmente solo. Ah, necesitar no aísla a la persona, la cosa necesita de la cosa: basta ver al polluelo caminando para comprender que su destino será lo que la carencia hará de él, su destino es juntarse como una gota de mercurio a otras gotas de mercurio, aunque, como cada gota de mercurio, él tenga en sí mismo una existencia totalmente completa y redonda.

Ah, amor mío, no temas la carencia: ella es nuestro mayor destino. El amor es mucho más fatal de lo que yo había pensado, el amor es tan inherente como la propia carencia, y estamos protegidos por una necesidad que se renovará continuamente. El amor ya está, está siempre. Falta solo el golpe de gracia. Que se llama pasión.

Falta solo el golpe de gracia. Que se llama pasión.

Lo que siento ahora es alegría. A través de la cucaracha viva estoy comprendiendo que también yo soy lo que está vivo. Estar vivo es una fase muy elevada, es algo que solo ahora he alcanzado. Es un equilibrio inestable tan elevado que sé que no voy a poder continuar conociéndolo durante mucho tiempo: la gracia de la pasión dura poco.

¿Quién sabe?, ser hombre, como nosotros, es solamente una sensibilización especial a lo que llamamos «tener humanidad». Oh, también temo perder esa sensibilización. Hasta ahora había llamado vida a mi sensibilidad a la vida. Pero estar vivo es otra cosa.

Estar vivo es una gran indiferencia irradiante. Estar vivo es inaccesible para la más fina sensibilidad. Estar vivo es inhumano; la meditación más profunda es de tal modo vacía que una sonrisa brota como de una materia. Y seré aún más delicada, y como un estado más permanente. ¿Estoy hablando de la muerte? ¿Estoy hablando de después de la muerte? No sé. Siento que «no humano» es una gran realidad, y que no significa «inhumano»; por el contrario: lo no humano es el centro irradiante de un amor neutro en ondas hertzianas.

Si mi vida se transforma en ella misma, lo que hoy llamo sensibilidad no existirá, se llamará indiferencia. Mas no puedo todavía captar ese modo. Es como si de aquí a cientos de miles de años finalmente nosotros no fuésemos más los que sentimos y pensamos: tendremos lo que se asemeja más a una «actitud» que a una idea. Seremos la materia viva manifestándose directamente, desconociendo la palabra, superando el pensamiento, que es siempre grotesco.

Y no avanzaré «de pensamiento en pensamiento», sino de actitud en actitud. Seremos inhumanos como la más alta conquista del hombre. Ser es ser más allá de lo humano. Ser hombre no es más que una vicisitud, ser hombre ha sido una compulsión. Lo desconocido nos aguarda, pero siento que eso desconocido es una totalización y que será la verdadera humanización que ansiamos. ¿Estoy hablando de la muerte? No, de la vida. No es un estado de felicidad, es un estado de contacto.

Ah, no pienses que todo eso me asquea, lo considero incluso tan estúpido que me provoca ansiedad. Es que se parece al paraíso, donde ni siquiera puedo imaginar qué haría yo, pues solo puedo imaginarme pensando y sintiendo, dos atributos de ser, y no consigo imaginarme solo siendo, y prescindiendo de lo demás. Solamente ser, eso significaría para mí una falta enorme de cosas que hacer.

Al mismo tiempo, me sentía también un poco desconfiada.

Es que, así como antes me había asustado con la entrada en aquello que podría llegar a ser la desesperación, ahora desconfiaba de estar de nuevo trascendiendo las cosas…

¿Estaría yo ensanchando demasiado la cosa para superar precisamente la cucaracha y el trozo de hierro y el trozo de cristal?

Considero que no.

Pues ni reducía la esperanza a un simple resultado de construcción y falsificación, ni negaba que existe algo que esperar. Ni había descartado la promesa: solamente sentía, con un esfuerzo enorme, que la esperanza y la promesa se cumplen a cada instante. Y eso era aterrador; siempre tuve miedo de ser fulminada por la comprehensión, siempre había pensado que la comprehensión es un final, y no había contado con la necesidad siempre naciente.

Y también porque tenía miedo, por no poder soportar la gloria simple, de convertirla más en uno de los añadidos. Pero sé —sé— que hay una experiencia de gloria en la que la vida tiene el purísimo sabor de la nada, y que en la gloria la siento vacía. Cuando se comprende a fondo el vivir, uno se pregunta: pero ¿era solo esto? Y la respuesta es: no es solo esto, es exactamente esto.

Solo que aún necesito tener cuidado para no hacer de esto más que esto, pues si no ya no será más esto. La esencia es de una insipidez ofensiva. Será preciso «purificarme» mucho más para no querer incluso el añadido de los acontecimientos. Antiguamente, purificarme habría significado una crueldad contra lo que yo llamaba belleza, y contra lo que yo llamaba «yo», sin saber que «yo» era un añadido de mí.

Mas ahora, a través de mi más difícil espanto, estoy por fin caminando en sentido inverso. Camino en dirección a la destrucción de lo que he construido, camino hacia la despersonalización.

Tengo avidez del mundo, tengo deseos intensos y definidos, esta noche iré a bailar y a comer, no llevaré el vestido azul, sino el negro y blanco. Mas, al mismo tiempo, nada necesito. No necesito siquiera que exista un árbol. Sé ahora de un modo que prescinde de todo, y también de amor, de naturaleza, de objetos. Un modo que prescinde de mí. No obstante, en cuanto a mis deseos, mis pasiones, mi contacto con un árbol, continúan siendo para mí como una boca que come.

La despersonalización como la destitución de lo individual inútil, la pérdida de todo lo que se puede perder y, aun así, ser. Poco a poco extirpar de uno, con un esfuerzo tan atento que no se siente el dolor, extirpar de uno, como quien se libra de la propia piel, las características. Todo lo que me caracteriza es solamente el modo como soy más fácilmente visible a los demás y como termino siendo superficialmente reconocible por mí. Así como existió el momento en que vi que la cucaracha es la cucaracha de todas las cucarachas, así quiero encontrar en mí misma la mujer de todas las mujeres.

La despersonalización con la gran objetivación de uno mismo. La mayor exteriorización a que se llega. Quien se percibe por la despersonalización reconocerá al otro bajo cualquier disfraz: el primer paso en relación con el otro es hallar en uno mismo al hombre de todos los hombres. Toda mujer es la mujer de todas las mujeres, todo hombre es el hombre de todos los hombres, y cada uno de ellos podría presentarse dondequiera que se juzgue al hombre. Pero solamente en inmanencia, porque solo algunos llegan al punto de reconocerse en nosotros. Y entonces, por la simple presencia de su existencia, revelar la nuestra.

Aquello de que se vive —y por no tener nombre solo el mutismo lo enuncia— es a lo que me aproximo a través de la gran magnanimidad de dejar de ser yo. No porque entonces encuentre el nombre y vuelva concreto lo impalpable, sino porque designo lo impalpable como impalpable, y entonces el soplo se vuelve más intenso, como en la llama de una vela.

La gradual desheroización de uno mismo es el verdadero trabajo que se hace bajo el trabajo aparente, la vida es una misión secreta. Tan secreta es la verdadera vida, que ni a mí, que muero por ella, me puede ser confiada la contraseña, muero sin saber de qué. Y el secreto es tal, que solamente si la misión llega a cumplirse, entonces, en un santiamén, comprenderé que he nacido con esta misión; toda vida es una misión secreta.

La desheroización de mí misma está minando subterráneamente mi edificio, cumpliéndose sin yo saberlo como una vocación ignorada. Hasta que por fin me sea revelado que la vida en mí no tiene mi nombre.

Y tampoco yo tengo nombre, y este es mi nombre. Y porque me despersonalizo hasta el punto de no tener nombre, respondo cada vez que alguien dice: yo.

La desheroización es el gran fracaso de una vida. No todos llegan a fracasar, porque es demasiado trabajoso, es preciso subir antes penosamente hasta llegar por fin a la altura desde la que se puede caer; solo puedo alcanzar la despersonalidad del mutismo si antes he construido toda una voz. Mis civilizaciones eran necesarias para que yo subiese hasta el punto de tener de dónde descender. Es precisamente a través del fracaso de la voz como por vez primera se va a oír el propio mutismo y el de los demás y el de las cosas, y se acepta como el lenguaje posible.

Solo entonces mi naturaleza se acepta, se acepta como su suplicio asombrado, donde el dolor no es algo que nos ocurre, sino lo que somos. Y se acepta nuestra condición como la única posible, ya que ella es lo que existe, y no otra. Y ya que vivirla es nuestra pasión. La condición humana es la pasión de Cristo.

Ah, mas para llegar al mutismo, qué gran esfuerzo de la voz. Mi voz es el modo en que busco la realidad; la realidad, antes de mi lenguaje, existe como un pensamiento que no se piensa, mas por fatalidad me he visto y me veo empujada a precisar saber lo que piensa el pensamiento. La realidad antecede a la voz que la busca, pero como la tierra antecede al árbol, pero como el mundo antecede al hombre, como el mar antecede a la visión del mar, la vida antecede al amor, la materia del cuerpo antecede al cuerpo, y a su vez, el lenguaje habrá precedido un día a la posesión del silencio.

Poseo a medida que designo; y este es el esplendor de tener un lenguaje. Pero poseo mucho más en la medida que no consigo designar. La realidad es la materia prima, el lenguaje es el modo como voy a buscarla, y como no la encuentro. Pero del buscar y no del hallar nace lo que yo no conocía, y que instantáneamente reconozco. El lenguaje es mi esfuerzo humano. Por destino tengo que ir a buscar y por destino regreso con las manos vacías. Mas regreso con lo indecible. Lo indecible me será dado solamente a través del lenguaje. Solo cuando falla la construcción obtengo lo que ella no logró.

Y es inútil procurar acortar camino y querer comenzar, sabiendo ya que la voz dice poco, comenzando ya por ser impersonal. Pues existe la trayectoria, y la trayectoria no es solo un modo de ir. La trayectoria somos nosotros mismos. En lo referente a vivir, nunca se puede llegar antes. El vía crucis no es un desvío, es el paso único, no se llega sino a través de él y con él. La insistencia es nuestro esfuerzo, la renuncia es el premio. A este solo se llega cuando se ha experimentado el poder de construir, y, pese al sabor del poder, se prefiere la renuncia. Renunciar tiene que ser una elección. Desistir es la elección más sagrada de una vida. Desistir es el verdadero instante humano. Y solo esta es la gloria propia de mi condición.

La renuncia es una revelación.

La renuncia es una revelación.

Desisto, y habré sido la persona humana; solo en lo peor de mi condición esta es asumida como mi destino. Existir exige de mí el gran sacrificio de no tener fuerza, desisto, y he aquí que en la mano frágil cabe el mundo. Desisto, y para mi pobreza humana se abre la única alegría que me es dado tener, la alegría humana. Sé eso, y me estremezco; vivir me deja tan impresionada, vivir me quita el sueño.

Llego al momento de poder caer, escojo, tiemblo y desisto, y, finalmente, consagrándome a mi caída, impersonal, sin voz propia, finalmente sin mí, he ahí que todo lo que no tengo es mío. Desisto, y cuanto menos soy, más vivo, cuanto más pierdo mi nombre, más me llaman, mi única misión secreta es mi condición, desisto, y cuanto más ignoro la contraseña, más cumplo el secreto, cuanto menos sé, más es mi destino la dulzura del abismo. Y entonces adoro.

Con las manos tranquilamente cruzadas en el regazo, experimentaba un sentimiento de tierna alegría tímida. Era casi nada, como cuando la brisa hace temblar una brizna de paja.

Era casi nada, mas conseguía distinguir el ínfimo movimiento de mi timidez. No sé, mas me aproximaba con angustiada idolatría a algo, y con la delicadeza de quien tiene miedo. Me estaba aproximando a lo más fuerte que jamás me ocurrió.

¿Más fuerte que la esperanza, más fuerte que el amor?

Me aproximaba a lo que creo que era: confianza. Quizá sea este el nombre. O no importa: también podría darle otro.

Sentí que mi rostro sonreía de pudor. O quizá no sonreía, no sé. Yo confiaba.

¿En mí? ¿En el mundo? ¿En el Dios? ¿En la cucaracha? No sé. Quizá confiar no sé en qué o en quién. Tal vez ahora supiese que yo misma jamás estaría a la altura de la vida, sino que mi vida estaba a la altura de la vida. Jamás alcanzaría mi raíz, mas mi raíz existía. Tímidamente me dejaba traspasar por una dulzura que me entristecía sin constreñirme.

Oh, Dios, me sentía bautizada por el mundo. Tenía yo en la boca la materia de una cucaracha, y por fin había realizado el acto ínfimo.

No el acto máximo, como antes había pensado, no el heroísmo y la santidad. Sino por fin el acto ínfimo que siempre me había faltado. Siempre había sido incapaz del acto ínfimo. Y como el acto ínfimo, me había desheroizado. Yo, que había vivido en medio del camino, por fin había dado el primer paso de su comienzo.

Por fin, por fin mi envoltura se había roto realmente, y yo era ilimitado. Por no ser, yo era. Hasta el fin de aquello que no era, era. Lo que no soy, soy. Todo estará en mí si no soy; pues «yo» es solamente uno de los espasmos instantáneos del mundo. Mi vida no tiene un sentido solamente humano, es mucho mayor, es tan grande que, en relación con lo humano, no tiene sentido. De la organización general que era mayor que yo, hasta entonces no había distinguido los fragmentos. Mas ahora, yo era mucho menos que humana, y solo realizaría mi destino específicamente humano si me entregaba, como me estaba entregando, a lo que ya no era yo, a lo que ya era inhumano.

Y entregándome con la confianza de pertenecer a lo desconocido. Pues solo puedo rezar a lo que no conozco. Y solo puedo amar la evidencia desconocida de las cosas, y solo puedo unirme a lo que desconozco. Solo esta es una entrega real.

Y tal entrega es la única superación que no me excluye. Yo era ahora tan grande que ya no me veía. Tan grande como un paisaje lejano. Me hallaba lejana, pero perceptible en mis más últimas montañas y en mis más remotos ríos: la actualidad simultánea no me asustaba ya, y en mi más última extremidad podía por fin sonreír sin ni siquiera sonreír. Por fin me extendía más allá de mi sensibilidad.

El mundo no dependía de mí; esta era la confianza a que había llegado: el mundo no dependía de mí, y no comprendo lo que digo, ¡nunca! Nunca más comprenderé lo que diga. Pues ¿cómo podré hablar sin que la palabra mienta por mí? ¿Cómo podré decir, sino tímidamente: la vida me es? La vida me es, y no comprendo lo que digo. Y entonces adoro…